國家圖書館出版品預行編目資料

男孩與冒險家：關於勇氣、信念與自我探索的故事 /
瓦倫蒂娜．羅迪尼（Valentina Rodini）著；倪安宇譯．
-- 臺北市：三采文化股份有限公司, 2025.08
　　面；　公分 . -- (Mind map ; 295)
譯自：Il bambino e il maestro
ISBN 978-626-358-700-7(精裝)

877.57　　　　　　114006013

※ 本作品由義大利文化部閱讀與圖書中心
（Centro per il libro e la lettura）提供翻譯補助

Mind Map 295

男孩與冒險家
關於勇氣、信念與自我探索的故事

作者｜瓦倫蒂娜．羅迪尼（Valentina Rodini）
繪者｜安傑羅．盧塔（Angelo Ruta）　譯者｜倪安宇
編輯一部 總編輯｜郭玫禎　責任編輯｜陳家敏
美術主編｜藍秀婷　封面設計｜方曉君　內頁編排｜周惠敏
行銷協理｜張育珊　行銷企劃｜徐瑋謙
版權副理｜杜曉涵

發行人｜張輝明　總編輯長｜曾雅青　發行所｜三采文化股份有限公司
地址｜台北市內湖區瑞光路 513 巷 33 號 8 樓
傳訊｜TEL:8797-1234　FAX:8797-1688　網址｜www.suncolor.com.tw
郵政劃撥｜帳號：14319060　戶名：三采文化股份有限公司
本版發行｜2025 年 8 月 1 日　定價｜NT$680

Copyright © 2024, Edizioni EL S.r.l., Trieste Italy
Translated Edition copyright © 2025, Sun Color Culture Co., Ltd.
This edition published by arrangement with Edizioni EL S.r.l. through Peony Literary Agency Limited.
All rights reserved.

著作權所有，本圖文非經同意不得轉載。如發現書頁有裝訂錯誤或污損情事，請寄至本公司調換。All rights reserved.
本書所刊載之商品文字或圖片僅為說明輔助之用，非為商標之使用，原商品商標之智慧財產權為所有權利人所有。

關於勇氣、信念與自我探索的故事

男孩與冒險家

Il Bambino e il Maestro

Valentina Rodini
瓦倫蒂娜・羅迪尼／著

Angelo Ruta
安傑羅・盧塔／繪

倪安宇／譯

suncolor
三采文化

目　錄

作者序　　　　　　　　　　　　　4

序　幕　　　　　　　　　　　　　7

Chapter 1　瓶子裡的小石頭　　　12

Chapter 2　天秤與指南針　　　　22

Chapter 3　容易被遺忘的原則　　30

Chapter 4　丟掉把你困在地面的重物　36

Chapter 5　忠誠的禮物　　　　　42

Chapter 6　渡過河岸　　　　　　55

Chapter 7　恐懼的庇護所　　　　61

Chapter 8　找回失去的原則　　　80

Chapter 9　帶刺的新朋友　　　　98

Chapter 10　行動才能改變世界　106

Chapter 11　忘記自己是個大人　116

致　謝　　　　　　　　　　　　120

作者序

　　我對所有會成長的事物都很感興趣,即使我其實沒什麼耐心等待它們長大。儘管不是擅長栽種花花草草的人,但我喜歡植物!這就是為什麼我會立刻愛上這個在我心中慢慢成形的故事。故事的旅程由遠方的孩童世界出發,在這個人生階段裡,我們的眼神開始發光,夢想迅速萌芽。

　　故事說的,是一個小男孩想要展開全新冒險的旅程。而所有準備出發的人,往往都需要有人輕輕推他一把。

　　旅途中小男孩並不孤單,每一次的相遇,都提醒他要守護某樣重要的東西:導師、隨身攜帶的原則或遇到的動物,都是人生中幫助我們、指引我們、給予我們安慰和支持的人與價值的隱喻。但有時候我們也會因此陷入困境。

簡單來說，這是關於一個人向前邁進，試圖加快腳步，但有時候會倒退的故事；是關於一個人不肯放棄、不知疲倦地學習的故事；也是關於一個人擁抱夢想並守護夢想的故事；是關於一個人遇到困難，放慢腳步但不退縮的故事。

　　我們停下來，思考，然後重新出發。

　　這是一個關於深厚的友誼、恐懼和勇氣的故事。

　　總之，這個故事要說的是，抵達目的地的最好方式是出發。

序　幕

　　在孩童的世界裡，一切擁有無限的可能，那是一個充滿驚奇和魔法的地方。某天，有個小男孩，跟許多比他年長或年幼的孩子一樣，心中有了「想要長大」的夢想。儘管世上關於成長的故事很多，他卻一個也沒聽過，於是決定請教那些已經實現夢想的人。

　　事實上，年邁的冒險家只要記得路，隨時可以回到那個充滿驚奇和魔法的世界去。然而，不是每個人都記得自己是從哪裡出發的，有時候他們會忘記。

　　小男孩開始尋找那個對的人。一開始並不容易，後來他在一處花園盡頭，看到一位老先生坐在大石頭上，抽著菸斗。小男孩看著一團團軟綿綿的菸雲，和老先生調整斗槽內菸草不疾

不徐的動作，著迷不已。老先生令人感到安心的樣子，讓小男孩決定朝他走去。他一走到老先生身邊，便脫口而出。

「我想長大！」小男孩還沒介紹自己就先大聲宣告。

「那會是一段很艱辛的旅程。」老先生一邊抽菸斗,一邊轉頭對他說,表情似笑非笑。

小男孩盯著老先生看,眼神堅定、不容對方拒絕。他抬頭挺胸,站得筆直,眼裡充滿了夢想。

老先生靜靜地打量小男孩,似乎在思考什麼。他不需要問對方為什麼想長大,畢竟夢想不需要有任何理由,只要被接納就好。夢想需要尊重,還需要貫徹到底。

「我可以告訴你那條路的起點,陪你走一段⋯⋯」

「好！」小男孩興奮地打斷老先生的話。樂於相信他人,是孩子獨有的特質。

老先生又吸了一口菸斗。

他在小男孩身上看見熱情、衝動和對成長的渴望。

「再旅行一次,應該會很有趣。」老先生心想。坐在大石頭上的他站起身,微微點了點頭。

於是小男孩和老先生一同踏上前往成人世界的旅途，
而老先生也成了他的導師。

Chapter 1
瓶子裡的小石頭

　　老先生帶著小男孩往成人世界的入口走去，那裡依然屬於驚奇和魔法世界的境內，但是多了一些現實世界的氛圍。小男孩暫時停下腳步，由上往下俯瞰那個未知的世界。

　　然後他開口問道：「長大以後最難的是什麼？」

　　「做自己。」他的導師回答。

　　小男孩皺了皺眉頭。「難道我們可以做別人嗎？」

　　「有些人會忘了自己是誰。」老先生說。

　　小男孩探頭認真觀察。他發現下方是一片茂密的森林，連綿的參天大樹間有幾處綠油油的草地，彷彿森林刻意讓少許陽光能

照亮那幾塊綠地。林木間有溪水流過，像是一條條銀色的線，有時慢慢流淌的溪水，會形成大小不一的湖泊，湖畔有色彩繽紛的水生花卉星羅密布。

小男孩再往前看，發現遠方有座大石頭堆砌而成的石山。這些偌大的岩石，彷彿世界曾經歷過天搖地動的證據，在那兒留下了偌大的岩石做見證。再過去一點，接近森林的盡頭，還有幾座高山，其中一座山脈最為雄偉高聳，像是護衛著那美好之境。而越過那座山之後，再過去是一片空曠無垠的風景。

眼前的景色十分迷人，卻也令人畏懼。他們往下走了一段路，來到真正的入口前方，小男孩跟距離他幾步之遙的那些大樹相比顯得很渺小。儘管鬆軟土地上插著寫有「成人世界」的木牌，他們仍搞不清楚，該如何進到那去。

「我想長大，但我不知道該怎麼做。」小男孩猶豫不決，喃喃自語。

「你可以選擇你想要的路。」老先生回答。

「萬一我選錯了呢？」小男孩繼續問。

「只要你始終忠於自己,就不會錯。」老先生溫柔地笑著對他說。

「我怕迷路。」

「害怕是對的。」

小男孩仍不明白導師的話是什麼意思。老先生走到他身旁,伸手摸了摸他的頭。「如果你不害怕,就代表你不在乎自己有沒有長大。你如果不害怕,恐怕會抱持著輕率的態度面對每件事。若是如此,那還需要面對這趟旅程嗎?」

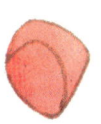

「那我怎麼知道我走在正確的路上呢?」小男孩追問。

老先生微微側身,指著森林盡頭的一個雙耳瓶。

「你看到那瓶子裡閃閃發亮的小石頭嗎?你仔細挑選幾顆。踏上旅途前你要做好充分準備,每一顆小石頭都代表一個人生原則,選擇你的人生原則非常重要。選好之後你就再也不能放棄。」

「什麼是原則?」小男孩一邊問一邊彎下腰觀察那些小石頭。他目瞪口呆地看著五顏六色閃閃發亮的小石頭,不明白它們到底有什麼用處,所以也不知道如何選擇。

「每個原則都是一個開始,一個起點。它們代表了你的部分本質,幫你記住你是誰,你想去哪裡。有時候大人會忘記自己是誰,想走哪條路。所以務必要把你的原則,好好收在口袋

裡，放在隨手就能拿到的地方。當你覺得迷惘的時候，就可以把小石頭拿出來，它們會指引你該往哪裡去。」

「我懂了，這些小石頭就像指南針！」小男孩歡呼。終於有了可以仰仗的東西，讓他覺得很開心。

「對，但你要小心，不要在路上把它們弄丟了。在旅行過程中，萬一跌倒，有可能會把小石頭掉在路上。」

「我要是真的弄丟了該怎麼辦呢？」小男孩緊張地問。

「你要停下腳步，把它們撿回來。」老先生回答道。

「萬一我沒有立刻發現我弄丟了呢？」

老先生表情嚴肅地看著小男孩的眼睛說：「這個風險的確很大，我們很可能會在途中丟掉原則，甚至忘記自己曾經有過原則。但好消息是，你永遠可以把它們找回來。你可以停下腳步，沿著原路返回，找到丟掉的小石頭。雖然走回頭路感覺很可怕，但有時候這反而是繼續前進的最佳方法。也有可能你在路上認識的夥伴會伸出手來，把你沒發現自己弄丟的小石頭還

給你！這些夥伴說不定還會送新的小石頭給你。所以千萬要睜大眼睛豎起耳朵，你永遠不知道誰會想你伸出援手。」

「我明白了。」小男孩說完後，又再回頭認真觀察眼前的小石頭。

小石頭的形狀和大小不一，上頭沒有任何指示說明它們的意義。小男孩又皺起眉頭。

「我得選出能夠提醒『我是誰』和『我想要成為怎樣的人』的原則，問題是我怎麼知道哪顆石頭代表哪個原則呢？」他一邊小聲抱怨，一邊盯著那個雙耳瓶看。

「你要觀看自己的內心。該屬於你的一定會來到你身邊。你要對你所在的這個世界有信心。這些小石頭也有靈魂，你要懂得聆聽。」

小男孩做了一個深呼吸，他沒辦法從年邁導師口中得到更清楚的解釋，只好放棄，然後照著導師的話去做，試著聆聽。他看著瓶中的小石頭，發現其中一顆發出美麗、清澄又耀眼的光芒，似乎在呼喚他。他拿起那顆小石頭，在手中把玩，發現

上面有刻字：

Credi in ciò che fai
相信你所做的事

這是這顆小石頭代表的原則。小男孩心想，遇到黑暗時，這顆小石頭將會是照亮內心最好的火把，於是把它放進口袋裡。

第二顆小石頭也出現了，它比第一顆小一點，閃爍著柔和的淡粉色光芒，讓人覺得平靜且充滿愛，上頭的刻字是：

Sii gentile
心存善念

「內心也要遵循原則。」小男孩這麼想，拿起這顆小石頭。

他花了一點時間挑選下一顆小石頭，在雙耳瓶中翻找，似乎想要找到專屬於他的那一顆。第三顆小石頭出現了，那是一顆有稜有角的鮮黃色石頭。

有毅力

不知道這句話是什麼意思。

小男孩雖然不明白這幾個字的意思,但是他覺得那顆小石頭屬於他,於是拿起石頭放進口袋。

再下面一點,更深、更隱密的角落裡,有一顆天藍色的小石頭。不對,它不是單純的天藍色,那顆石頭裡面有不同層次的藍,它的中心是深邃的寶藍色,兩側則是帶有透明感的淺藍色。小男孩盯著石頭看,為它的千變萬化而著迷。

忠誠

小男孩慢慢伸出手拿起這顆小石頭,雖然還不知道這句話是什麼意思,但他已經感受到這項原則非常重要。

他看著雙耳瓶。老先生沒有說他應該選幾顆石頭,但他總覺得似乎少了什麼。再仔細看,他發現有一顆小石頭的形狀很像太陽,而且是火紅色的。

Sii coraggioso
勇敢

　　這是最後一塊拼圖，也是他的最後一項原則。「要勇敢。」小男孩再看一次，心滿意足地把這顆小石頭握在手中。

　　他對這項斬獲很滿意，將小石頭放進口袋裡，繫緊鞋帶，關上後背包準備出發。他心中還有最後一個疑問。

「先生,你會跟我一起走嗎?」

「我會一直跟在你後面,雖然有時候你看不到我。」

「太好了。」小男孩跟所有小朋友一樣充滿活力和朝氣,他邁開步伐往森林裡走去,走向成人的世界。

Chapter 2
天秤與指南針

小小冒險家發現在森林裡很難辨別方向，其實在生活中也常常如此，有很多條路徑可以走，但是不知道這些路徑通往何方。沒有任何標誌，只有不清不楚的指引。於是小男孩按照導師之前告訴他的，把口袋裡的小石頭拿出來，儘管他還是不明白那些小石頭要如何幫助他辨別方向。

「原則要怎麼用？」小男孩問導師。

「放在顯眼的地方，然後跟著它走，它會指出你要去的方向。不過你要記住，它只會帶你走到入口。」

「它會帶我找到幸福嗎？」

「幸福是過程，不是目的地。」

小男孩將其他小石頭放回口袋裡，只留下一顆小石頭在手中，他覺得這個寫著「要相信你所做的事」的小石頭特別亮。

　　「如果我還不知道要去哪裡，怎麼有辦法找到我能相信的東西？」小男孩一邊看著手中的白色小石頭，一邊好奇地詢問他的導師。

　　「你只能不斷嘗試。」小男孩轉身想再問一個問題，卻發現老先生已經不見了。「他大概去散步了。」小男孩心想，回頭繼續盯著手中的小石頭看。之後，他抬起頭觀察，此刻的森林分外安靜。他發現一條小徑，那看起來是經過整理的一條小徑，感覺很安全，於是決定從那裡出發。

　　可是他走著走著，開始覺得那條路很無聊，好奇心佔了上風，他環顧四周，尋找是否有其他選擇。尚未探索的小徑很多，他不斷嘗試新的道路，沿途收集樹葉、花朵，或掉落在地上的樹根或樹皮。

　　他走到一條小溪旁，覺得有些疲憊，感覺這趟旅程似乎少了什麼，於是他坐了下來，拔起幾根草在手中把玩。不久後，他看

到一隻大角羚羊走過來，低下頭喝水。小男孩目不轉睛地看著牠，他從未看過如此優雅的動物。大角羚羊抬頭問他：「你沒事吧？」牠的聲音低沉溫柔，讓人覺得安心又放鬆。

「我在找屬於我的路。」小男孩回答道。

「你要去哪裡？」大角羚羊問他。

「我想長大！」小男孩語氣堅定大聲說。

「那會是很棒的一段旅程。」大角羚羊說。

小男孩回頭看著腳邊的草地。「可是我不知道怎麼走。我試著走過不同小徑，感覺還沒找到屬於我的那一條。」

「有時候，會需要多一點時間。」

「才能決定去哪裡嗎？」

「才能想清楚我們需要什麼。我們往往要等找到之後才會知道。」

「那在這段過程中我們要做什麼呢？」

「檢查並評估我們有什麼。我們常常忘記這麼做。」大角羚羊說。「你看一下你的背包，整理你沿路撿了什麼，學會了什麼，什麼讓你感到失望，什麼讓你覺得開心。在所有這些東西裡面，你必須有兩樣最基本的裝備，一個是指南針，一個是天秤……。」

「天秤？」小男孩插嘴問道。

「有了天秤才能找到你的平衡點。保持以自己為中心點是一件很重要的事。我們每個人都有自己的中心，你如果牢記這一點，無論生活中遇到變動，都能保持平衡。你最後未必能找到你需要什麼，但你會知道自己擁有什麼。」

於是小男孩想起了所有他走過的路，還有導師曾經告訴他：「到達目的地有很多種方式，最好的方式就是出發。」

突然間，他為自己感到驕傲。他曾經相信自己做得到，並在這沒有任何指引的地方踏出第一步。他毫不猶豫，也沒有給自己後悔的機會，因為最重要的是下一步、下一條小徑和下一

次冒險。那一刻,握在他手中的那顆小石頭變得比之前更加閃亮:「**要相信你所做的事**」。

小男孩開心地笑著對大角羚羊說:「謝謝你,我差點忘記一件很重要的事!」

大角羚羊也對小男孩微笑,並且提醒他:「即便道路變得越來越難走,你也要保持這份熱情。因為你可能會對自己選擇的路失去信心,或以為走錯路了。」

「我有可能會失去信心?」小男孩很擔憂。「那到時候我該怎麼辦呢?」

「你不能把過程跟目的混為一談。就算道路崎嶇,也不代表走到終點沒有太陽。告訴你我學到了什麼吧!我們常常不願意承認心中有疑慮,這其實是成長過程中必然的經歷。事實上,我們生命中的每一刻都是獨一無二的,每一刻都隱藏了某些美好事物。」

天快黑了,小男孩這才發現自己跟大角羚羊共度了這麼長的時間。有人陪伴真是一種全新的美妙感受!

「你願意陪我走一段路嗎?我很喜歡跟你說話,之前我都只有自己一個人。」小男孩問牠。

「我盡量,我很樂意陪伴你,但是最多走到森林盡頭,我就得回去找我的同伴。」大角羚羊回答道。

小男孩很開心,雖然想到他之後還是只有自己一個人,難免有些沮喪。

「我們每個人要走的路都不同,所以這趟旅行才令人期待,因為你永遠不知道途中會遇到誰。你若跟我一起留下來,就不可

能發現在前方等待著你的是什麼。你回來的時候可以來找我，我會在我的森林裡等你。」大角羚羊發現小男孩心情低落，連忙安慰他。

小男孩其實並不知道自己要去哪裡，但是他清楚知道：人生中最幸福的時刻，是得知有人等他的那個瞬間。或許這就是交朋友的意義，讓你不再感到孤單。於是小男孩又學到一件事：旅行中走哪條路固然重要，但更重要的是路上會遇到誰。

老先生一直在遠處默不作聲觀察他。有些事得獨自一人摸索學習，有些時候必須留下一些空間讓他去面對困難，去體驗和超越。有時候，不管你再怎麼用心，也無法立刻學會或教會一切。

於是老先生默默地跟在大角羚羊和小男孩後面，將他們相遇的那份喜悅銘記在心裡。

Chapter 3
容易被遺忘的原則

「你的原則是什麼？」小男孩一邊走，一邊好奇地詢問大角羚羊。

「我有不只一個。」優雅的羚羊回答道。「不過我最喜歡的是『心存善念』。」

小男孩覺得這是理所當然的事，便把自己的想法告訴羚羊。

「這聽起來也許理所當然，其實很難做到。因為我們往往只用『自己的眼睛』看事情。」大角羚羊接著說。

「那要怎麼用別人的眼睛看事情呢？」

「你沒辦法借用別人的眼睛，但是你可以試著理解另一個人如何看事情，並尊重他。」

小男孩聽得一頭霧水。

「在用狹隘觀點為他人貼標籤之前,要先觀察、聆聽,並試著理解他們。」大角羚羊解釋給他聽。「每個行為背後,一定會有一個動機。任何一種線索或觸動,都可以幫助你理解。就算你無法理解,也要予以尊重,並耐心等待。」

「等待什麼?」

「等待生命繼續向前走。生命總會找到方向。」大角羚羊接著說。

「你要對你所在的這個世界有信心。」小男孩想起導師說過的話。

「要是有人做壞事呢?」小男孩追問。

「你不能幫其他人做決定,但可以決定對他們的行為做出什麼反應。」

小男孩看見口袋裡有顆小石頭在發光,他把它拿出來,唸出上面寫的字:「心存善念」。這正是剛才大角羚羊說的原則。

他感到十分意外,原來自己也擁有同樣的原則,只是不小心忘了它,因為其他小石頭璀璨耀眼的光芒,遮掩了這微妙又十分重要的原則,散發的柔和光輝。

「這或許就是為什麼羚羊要告訴並提醒我,記得這項原則的原因。」小男孩心想。他之前沒有特別注意到這項原則,現在卻

覺得它至關緊要，甚至認為自己先前沒有想到它很不應該。

「我還沒給你任何東西，作為幫助我的回禮。」小男孩說。

「不用。你需要我，還要求我陪在你身邊，能在他人心中占據重要位置真是莫大榮幸。」大角羚羊笑著對他說。

確實如此，大角羚羊對小男孩而言變得十分重要。牠是他第一個朋友。他們一起走到森林盡頭，不得不向對方告別。大角羚羊得回去找牠的同伴。

「謝謝你。」小男孩說。「你教我好多事⋯⋯」他說到一半就哭了。

「記住你學會的。因為長大後很容易忘記，所以我要請你要牢牢記住。」大角羚羊再三提醒。

「我答應你。」小男孩慎重其事答覆牠。

「成長這條路不好走，有時候你會懷疑是否值得走這麼一趟，但是現在你知道如果有疑問該去哪裡找答案：要問你自己的心，和你學到的所有一切。」大角羚羊眨著眼睛做出最後結論，隨即消失在林木間。

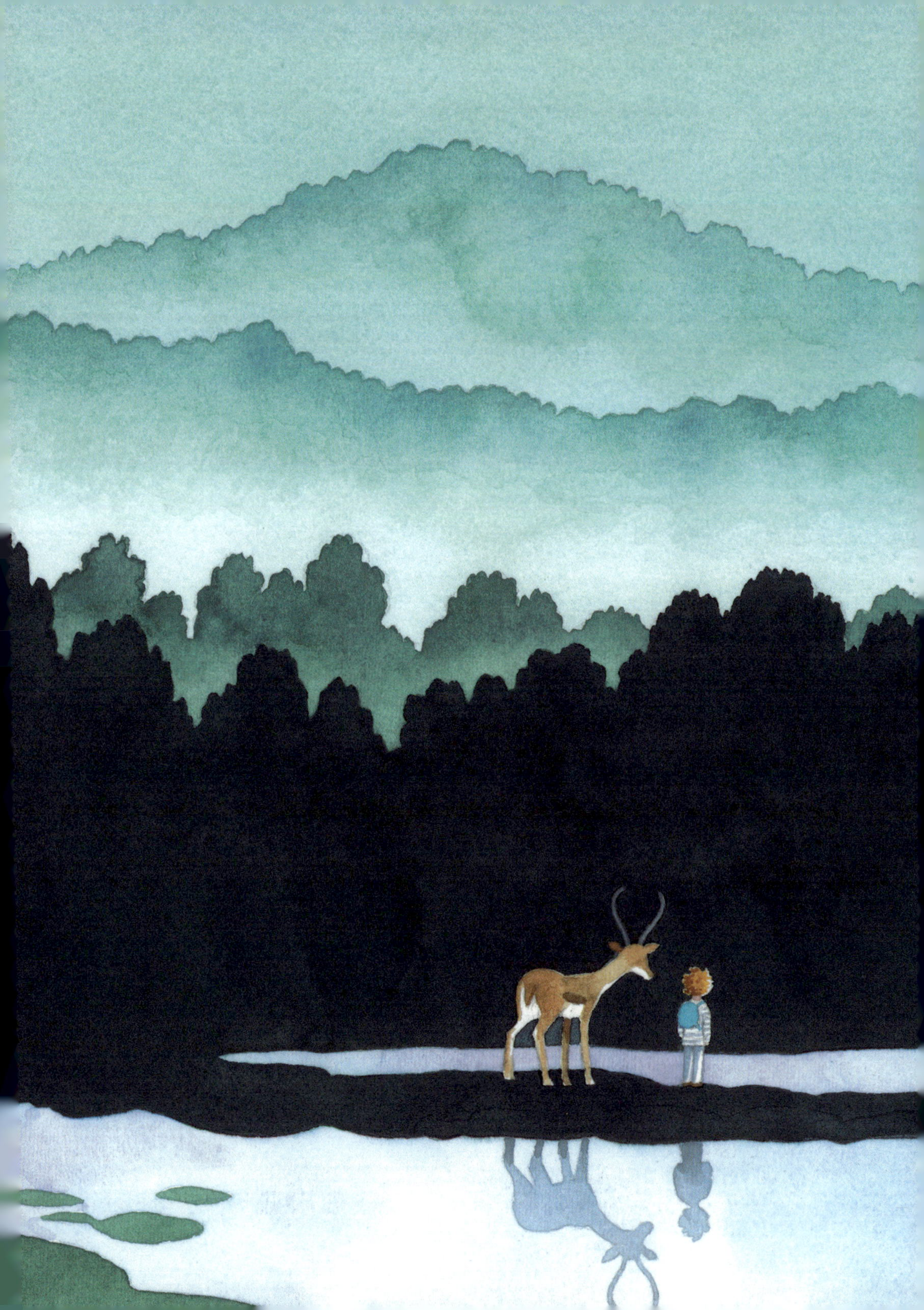

Chapter 4
丟掉把你困在地面的重物

　　小男孩繼續他的旅程。原本想讓小男孩再獨自走一會兒的老先生，發現他太專注於自己的腳步都沒有抬頭，決定走到他身旁提醒他注意之前沒有察覺到的事。

　　「你抬頭看看。」老先生指著空中一個小黑點說。「如果有一天我不再陪著你，你覺得迷惘、不知如何是好的時候，就學學牠。」

　　「那是什麼？」小男孩問。

　　「那是一隻老鷹。」老先生回答道。「牠是一種擁有強大力量的動物。」

「力量？」

「想要獲得自由，就必須擁有強大的力量。」老先生解釋給小男孩聽。

小男孩思索片刻後繼續追問：「牠有那麼大的力量，是為了擺脫什麼嗎？」

「我們常常被關在無形的牢籠裡。那個沒有柵欄的籠子，阻礙我們用自己的角度看事情，不讓我們甩開集體思維，還讓我們以為那樣做是危險且錯誤的。其實正好相反，能夠超越一切，站在高處看事情，自由自在飛翔，才是最好的。」

「站在高處看事情……」小男孩喃喃自語，重複了一遍。這是一種新的視野和觀點。所以，這樣的觀點，能讓自己和他人的人生不同？

「但是我沒有翅膀，要怎麼飛呢？」

「你有，只是收起來了。」老先生說。「我們常常忘記只要加入一樣東西，就能讓自己飛起來。」

「什麼東西？」小男孩著急地問。

「輕盈。」

小男孩愣住了。

老先生繼續說：「想要飛起來，你得先將那些把你困在地面上的重物都丟掉，這需要力量才能做到。有時候我們無法分辨什麼是負擔、什麼不是，把重物背在身上。久而久之，這會成為習慣，然後再由習慣變成安全感。我們會漸漸忘記，自己其實可以活得很輕盈，不敢丟掉負擔。」

「原則也是負擔嗎？」小男孩想起他有幾次，猶豫著自己應該走這條或那條路，忍不住問。「我要怎麼分辨什麼是負擔，什麼不是呢？」

「好的重物夠重，能讓你變得腳踏實地；但它們同時也夠輕，可以讓你時不時在空中飛翔。如果你只能待在地上，」老先生抬頭看著天空說。「如果它無法讓你從另一個角度看問題，迫使你留在過去、無法前進，那麼它就是負擔。」

小男孩繼續看著他的導師。老先生知道這樣說對他的學生而

言還不夠，於是繼續解釋：「你把重要的東西、比較輕的東西放進行李裡，也不能忘記把最基本的放進去。它可以起到平衡的作用。你還得保管好記憶，因為它們能讓你維持適當的重量。而最重要的，是不要對它們產生依賴。」

「那麼你的行李裝了什麼呢？」

「一頂帽子，下雨時會用上，出太陽時也很有幫助；一支菸斗，在我需要思考重要的決定，或需要休息片刻時有用；一條繩子，以便幫助遇到困難需要幫助的人伸出援手，或讓自己得到幫助；一瓶酒和兩個酒杯，因為我們總會有時間可以跟朋友喝一杯。那你會把什麼東西放進你的行李裡呢？」老先生的目光始終望著天空。

小男孩也跟著望向天空，但是等他重新回頭看向導師時，發現對方又不見了。老先生每次都這樣，前一秒還在，下一秒就走了。於是他轉頭看向在自己頭上高空中飛翔的老鷹。

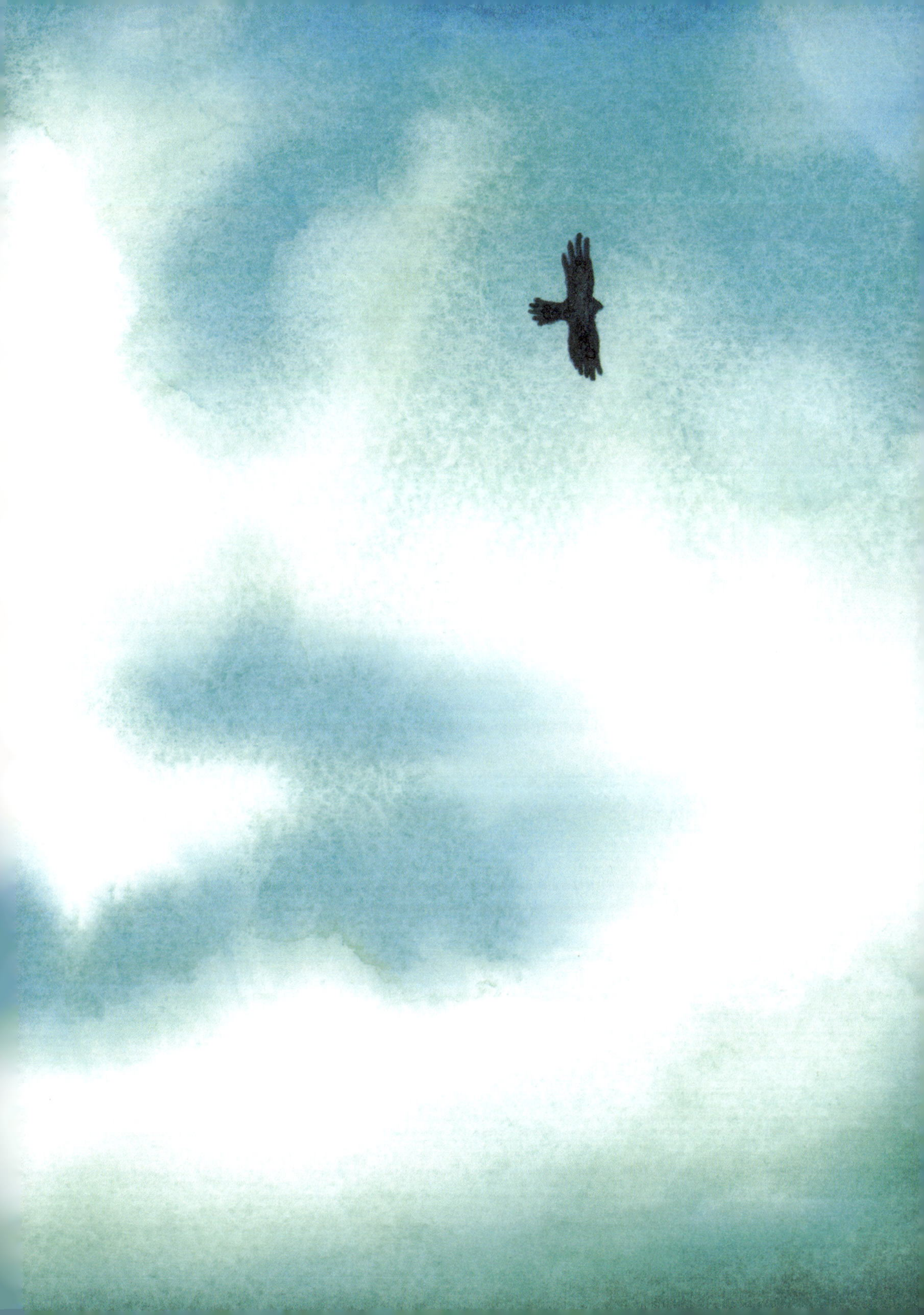

Chapter 5
忠誠的禮物

老先生總是相隔幾步,走在小男孩身後,好讓他自己選擇要走哪條路。

有時這位導師會拉開兩人之間的距離,這段距離不會太遠,既可以清楚看見小小冒險家的身影,又能讓對方為自己的選擇負責。小男孩習慣了獨自一人前進,直到有天,他偶然在一座高原上嶙峋的岩石小徑間,遇見了一頭犀牛。

「你要去哪裡?」小男孩發現牠跟自己走在同一條路上,非常高興。

「往那個方向。你呢?」犀牛看著這個小男孩,毫不畏懼和

猶豫地朝自己走來,感到很意外。

「我也是。」小男孩開心地笑著回答。

他們很有默契地並肩結伴同行。犀牛不常說話,卻是絕佳的傾聽者,從不反駁小男孩說的話、疑慮和困惑,會耐心聽完再回答,分享自己的經歷、情感和對事情的看法。小男孩常常聽得目瞪口呆。

這一切充滿了新鮮感,日子似乎過得飛快。無論是爬到犀牛背上,從高高的枝椏上採摘新鮮水果,或是在下雨時尋找一起躲

雨的地方，都很有趣。

小男孩最喜歡的時間是晚上。他們坐在篝火旁，犀牛會為他講述自己的故事，描述小男孩不知道但開始夢想的遠方風景、世界和星空。就這樣，小男孩明白了有旅伴是什麼感覺。

他們一起攀登陡峭的山路，穿越令人嘆為觀止的美景、一望無際的草地和泥濘的沼澤。他們共度了很長一段時光，視對方的陪伴為理所當然，彷彿家人一般。直到有一天發生了一件不尋常的事，讓小男孩感到措手不及。

那是偶然發生的事件，引發了激烈的爭吵。這是兩人一起旅行常常會發生的事——他們誤會對方，雖然後來講開了，但仍各自堅持自己的立場。吵架時，兩人彷彿對峙的兩座獅身人面像，僵持不下，等著誰會先讓步；然而時間久了，就更想不起來最初劍拔弩張的原因。最後這變成一場可笑的自尊心比賽，雙方都不願輸給彼此。

他們堅守立場、毫不動搖，就像兩尊硬梆梆的蠟像。這時，只要有一小團和平之火，就能將他們融化。然而，這團火沒有出

現，他們就這樣待在那裡，維持著優美的姿態。

　　始終保持適當距離跟隨在後的老先生原本想要介入，讓那兩個固執的傢伙學會講道理，但是後來他覺得這對小男孩來說也是一種學習。他不自覺地看向那個裝著鼓鼓的口袋，在那裡頭裝著他在旅行開始時讓小男孩挑選的小石頭。他對那個小小冒險家有信心，他把工具交給了小男孩，也解釋了做法，現在應該要相信小男孩。

　　對這位年邁的導師來說，放手讓學生獨自前進並不是一件容易的事。他對小男孩每分每秒的喜悅和難過都感同身受，但是他知道自己只能做小男孩的嚮導，給予支持和協助，不能代替小男孩完成名為「成長」的這趟旅程。

　　所以他站在後面觀察那兩座自負的雕像，對他們之間剛建立起來的微妙但牢固的關係懷抱信心。

　　時間一天天過去，他們依然僵持不下，在互看不順眼的壓抑氣氛下沉默地相伴前進。

有一天，一陣強風吹起，帶來豐沛的水氣，空中出現大片烏雲。這顯然是暴風雨來襲前兆。犀牛邁開牠有力的腿，踏著沉重腳步前進，小男孩緊跟在後，保持一定的行進速度，同時用手臂護著臉。烏雲開始聚集直到天色全暗，下起傾盆大雨，冰冷雨滴密密麻麻落下。他們兩個一前一後奮力往前走，周圍的大樹都被風吹彎了腰。

等暴風雨釋放完它的威力，小徑兩旁的樹木只剩下像鞭子一樣光禿禿的枝椏，雨滴變成了一陣陣冰渣。小男孩不想尋求幫助，他無意率先打破沉默，覺得自己應該可以抵擋忍受泥濘、寒冷⋯⋯突然間，他開始牙齒打顫，雙腿發軟。

　　「快閃開。」犀牛語氣嚴肅對他大喊。這頭體型碩大的動物將走在路邊的小男孩推開。

　　下一秒鐘，一根粗重的枝椏砸落地面，發出沉悶巨響。小男孩抬頭看了他的同伴一眼，他們隨即拔腿狂奔，一起尋找避難處。

　　「快，我們去那堆岩石中間躲一下。」犀牛放聲叫嚷，努力不被呼嘯的風聲蓋過。

　　直到他們在幾塊巨石堆砌起來的凹洞中找到庇護，小男孩才鬆了一口氣。在他朝外吐氣的同時，看見犀牛也在做同樣的動作。他還以為犀牛不會注意到他，畢竟牠體魄強健，即便在暴風雨中也能輕鬆前進。

　　「謝謝。」小男孩低聲說。

「你還好嗎？」

「還好。」小男孩小聲地簡短回應，沒有勇氣多說。

「別擔心，這個山洞可以保護我們直到暴風雨結束。不會有事的。」犀牛的語氣依然那麼溫和又平靜，讓小男孩覺得他們的爭執似乎是很久以前的事。

「謝謝。」他又說了一次，犀牛一臉疑惑看著他。「謝謝你考慮到我。我知道你可以遠離暴風雨。你原本可以走到森林盡頭，但是你卻帶我來這裡躲雨，而我已經好幾天都不跟你說話……」

「我們只是吵架，不代表我討厭你。」犀牛看著小男孩的眼睛說。「你很重要，這點不會改變。而且你是我的旅伴。」

這就是火苗。兩座硬梆梆的蠟像，在真正值得在意的事物面前融化。小男孩抱住犀牛。他好想念犀牛，牠不只是旅伴，也是他的朋友。

「總之我才是對的。」犀牛說。小男孩哈哈大笑,依然抱著犀牛不鬆手。

等暴風雨過去,烏雲散開,他們重新踏上旅程。那個害他們冷戰的無聊議題成了模糊記憶,另一個議題即將展開⋯⋯畢竟誰能打包票說斑馬是黑底白紋,還是白底黑紋?

「有時候人生會出現意外的禮物，在你行經的道路上播下美妙的種子，而你莫名所以。」小男孩常常想起這段導師對他說的話。一天晚上，升起篝火後，他坐在旅伴犀牛旁邊，告訴犀牛自己很高興遇見了牠。

「我也很高興遇見了你，更高興的是在這段時間裡我們變成了人生夥伴。」犀牛回答道。

「我們不是從一開始就是人生夥伴嗎？」小男孩很好奇。

「我們不可能遇到人生夥伴，只能變成人生夥伴。我們的相遇是機緣巧合，但其他得靠自己。旅行固然讓我們走上同一條路，但是決定互相等待、作伴、認識、幫助、支持彼此，甚至有時候還得互相忍耐的，是我們自己。」牠笑了，捉狹地看了小男孩一眼，小男孩也對牠微笑。「我們創造的回憶無比珍貴。我們變成了朋友，友誼是數一數二的強大連結。」犀牛說。

「怎麼說？」小男孩問。

「因為友誼建立在忠誠之上。」

小男孩不解地皺起了眉頭，犀牛接著說：「我們學會接納彼此，只因為我們的道路有了交集。然後我們又學會了信任對方，這並不是理所當然的。最後我們開始對彼此忠誠。」犀牛換了一個更舒服的姿勢，把下巴靠在前腳上，對小男孩微笑道：「忠誠是很珍貴的禮物，跟山上的小花一樣自然而然地生長。生長過程中會扎根，然後會跟橡樹一樣日益茁壯，難以拔除。這是它的獨特之處，也是它強大的地方。你無法強迫一個人忠誠，可是一旦發芽，你可以放心它歷久不衰。」犀牛用牠低沉平靜的聲音做出結論。

　　這時候小男孩口袋裡另一顆小石頭開始發光。等這位小小冒險家將它拿出來，只見藍色的光芒熠熠綻放。他理解並認識了另一項原則：「忠誠」。他盯著小石頭看了一會兒，現在他知道為什麼這顆小石頭有不同層次的顏色變化，因為忠誠可以有各式各樣的形式，但都出自於同一個根源。在千變萬化的人生中，它是最強大的連結。

　　犀牛和小男孩分道揚鑣的時間到了。

　　他們走到一塊巨石前方，那些巨石層層疊疊，就像一座小

山，彷彿遠古巨人決定將建造山脈剩下的瓦礫般堆放在那裡。這個障礙物逼迫他們在兩條路之間做選擇。第一條路沿河而行，道路狹窄，兩旁都是荊棘；第二條路沿山壁蜿蜒，要順著偌大石階往上走。兩條路都通往這座石山後方。

「你跟我走吧。」小男孩不肯放棄。

「不行，那是你的路，適合你這樣個子小、行動敏捷的人走。我身軀笨重，會被低矮的荊棘困住。」

「那我跟你走。」

「不行。」犀牛語氣很冷靜。「你的腿太短，無法跨越這一路上密布的石頭。我們雖然分開走，但並不會斷絕聯繫，當你覺得孤單或需要我的時候，只要大聲喊我就會回應。」

小男孩很害怕，他習慣身邊有犀牛陪伴。「每當我覺得累，越走越慢的時候，你都會幫我；每當路很難走的時候，你會背我；當我沮喪的時候，你會幫我打氣，當我高興的時候，你會一起笑。」小男孩一邊啜泣一邊說。

「我們現在是朋友,你可以相信我,正如同我很相信你一樣。你如果感到迷惘,要記得我一直都在,你隨時可以開口喊我。」犀牛再次重申。小男孩聽進牠說的話,慢慢停止哭泣。他得獨自走那段路,直到人生允許他再次擁抱他的旅伴。他準備好展現自己的勇氣了。於是他出發了。

Chapter 6
渡過河岸

在高聳美麗、擁有象牙色岩壁的石山上，有著一條看不見起點和終點的河流。小男孩知道到達下方盆地最安全的路徑，是沿著河邊走，於是他踏上兩側長滿帶刺荊棘和五彩繽紛大朵鮮花的臨河小徑，空間只能讓一個人緩步前進。

他沿著河左岸走了幾天，遇到坍方擋住去路，必須渡河到對岸去。小男孩看著湍急的水流，發現遙遠的對岸還有一段距離，但他不會游泳。認真觀察過之後，他花了一些時間收集枝幹和藤蔓，嘗試做出木筏，或類似木筏的東西。他毫不猶豫下了水，把手中握著的棍子當作船槳，跪坐在木筏上開始使盡全身力氣划槳。儘管他努力對抗想把他沖向下游的水流，卻只前進了幾公分。於是他加快划槳的節奏，因為灰心喪志是沒有用的，但水流

力道太強，又將他推回河岸邊翻了船。

小男孩一試再試，他選了另一個位置下水，換了一把更大或更輕的槳，重新打造了一個更堅固的木筏，可是每次他快要划到對岸的時候，對他不利的水流就再將他推回去。

「我又失敗了。」小男孩忍不住抱怨。

「我看到了。」

小男孩猛然轉身。他沒發現有人在偷偷觀察自己。那是一隻河馬，安安靜靜地在靠近岸邊的河面上漂浮，牠只露出一點腦袋和背脊，深邃的黑色小眼睛正看著他。儘管小男孩只能看到牠身體的一部分，但他心裡有數，知道那會是一隻巨無霸生物。他並不害怕，因為牠冷靜且坦率的語氣，說明儘管牠的出現令人意外，但會是一個好旅伴。

「我沒辦法渡河。」小男孩說。

「我看到了。」河馬重複剛才那句話。

「你怎麼不幫我。」小男孩嘟著嘴巴說。

「你沒有請我幫忙，只是在抱怨。」河馬的聲音很悅耳，語氣很冷靜。

「因為一直失敗的感覺很糟啊，我除了抱怨還能說什麼？」

「你可以繼續抱怨，如果這麼做能讓你感覺比較好的話。」

「沒有比較好……」

河馬一直盯著小男孩看，彷彿對他有所期待。

「你為什麼一直看著我？你沒看到我剛才失敗了嗎？」

「我在等著看你接下來要做什麼。」

「你怎麼知道我還會繼續？」

「因為你要的東西在對岸。你有一個目標，而你會不計代價達到這個目標。我從你的眼神看出這一點，愛是最強大的驅動力，無論會跌倒多少次。」

愛。小男孩還不懂愛是什麼意思，但他心裡知道河馬說得沒錯。他想要繼續他的旅程，他想長大，想回到朋友身邊，再次結伴同行，那是他的夢想，他絕不會放棄。

小男孩站起來再次嘗試，這一次他更用力、更堅定也更有把握。他在河馬的注視下重新跟水流搏鬥，划到距離岸邊只有幾公尺的地方，他鼓足勇氣，拋下安全的小筏往上一跳，抓住岸邊一根突出的枝椏，再從那裡抵達對岸。

河馬在水中快速划了幾下就趕上小男孩，彷彿完全不受強勁水流的影響。

小男孩累得一直喘氣,他在每次吸吐氣之間喃喃自語:「我辦到了,我知道我辦得到,只是我得奮力一搏,要相信自己,而且⋯⋯」他再吸一口氣。「要克服恐懼。我之前太害怕了,不敢放掉木筏,但我必須那樣做才會成功。」

「你學會了非常重要的一件事:你學會了失敗。」

「我明明成功了⋯⋯」小男孩惶惶不安地對河馬說。

「你學會了努力不懈追求你的目標；你學會了不因任何挫折而氣餒，重新振作追求你所愛。」

河馬遞給他一顆磚紅色的小石頭，上面的刻字是「要堅韌不拔」。這是一份意外的禮物。小男孩接過來，緊緊握在手中，看著河馬的眼睛。他們之間無須言語，已經理解彼此。他不會浪費這項原則。

小男孩躺下來，張著嘴巴呼吸，看著晴朗的天空。沒有任何挫折能夠阻撓他與那些朋友重逢。

Chapter 7
恐懼的庇護所

　　當小男孩再見到導師，他毫不猶豫地說出了自己的願望：「我要做一個勇敢的人。」

　　「很多人都希望如此。」老先生回答道，他把手放在小男孩頭上，跟這個小小冒險家再次出發。

　　「我要怎樣才能變成勇敢的人？」小男孩問。

　　「你得面對你的恐懼。」老先生說。

　　「要怎麼做呢？」

　　「要超越它。」

　　「超越它？」小男孩一臉困惑。

「當你為了到達對岸拋下安全的木筏，你就超越了恐懼。你有很多理由繼續留在小船上，卻多了一個理由，讓自己決定往上跳。那時候的你超越了恐懼。」

「所以我已經是一個勇敢的人，能夠面對恐懼！」小男孩很自豪。

「但你要注意，」老先生提醒他。「恐懼是很難應付的對手，它有很多面貌，會以不同方式出現。你永遠不知道它下一次和再下一次會長什麼樣子。面對它最好的方法就是不在意它。你越在乎它，恐懼就越大；你越縱容它，它就越堅實也越真實。但如果你學會認識它、面對它、跨過它，它就沒有機會現身。」

「我希望恐懼不存在！」

「那你就不知道什麼是勇氣，」老先生接著說。「沒有恐懼才麻煩，你不會學到教訓。恐懼會提醒我們要做的事有多難，考驗我們，要我們付出許多，甚至得全力以赴。恐懼是一種警告，叫我們要做好準備，要提高感官敏銳度，拿出我們最好的表現。如果對恐懼視而不見，那才是大災難。」

小男孩隱隱約約懂了。恐懼是與生俱來的。

「所以我越在意我要面對的事情，恐懼就越大？」

「沒錯。」老先生微笑回答。

「如果恐懼讓我太過害怕怎麼辦？」

「當恐懼變成暴風雨，你可以在小事物中尋求庇護。小事物是最有韌性的，它能為你帶來幫助。當暴風雨變成大雨，收拾好你的東西，一路上培養起來的信心就是你的裝備。當雨停只留下烏雲，你就低頭看，即便路還看不清楚，你可以一步一步慢慢走。等雲散去露出太陽，不管你是已經走了很多路或很少路，你一定會發現路上開出了美麗的花。」

小男孩想起他跟羚羊一起走過的那段路，想起牠的大角及溫柔的聲音。想起了那隻老鷹和牠輕盈的自由。還想起了犀牛，他忠誠的朋友。小男孩對這些經歷，以及他們之間建立的友情，都心存感激。

因為每當他感覺到恐懼，就會想起曾經有過的快樂時光，那些點點滴滴便是他的避難所。

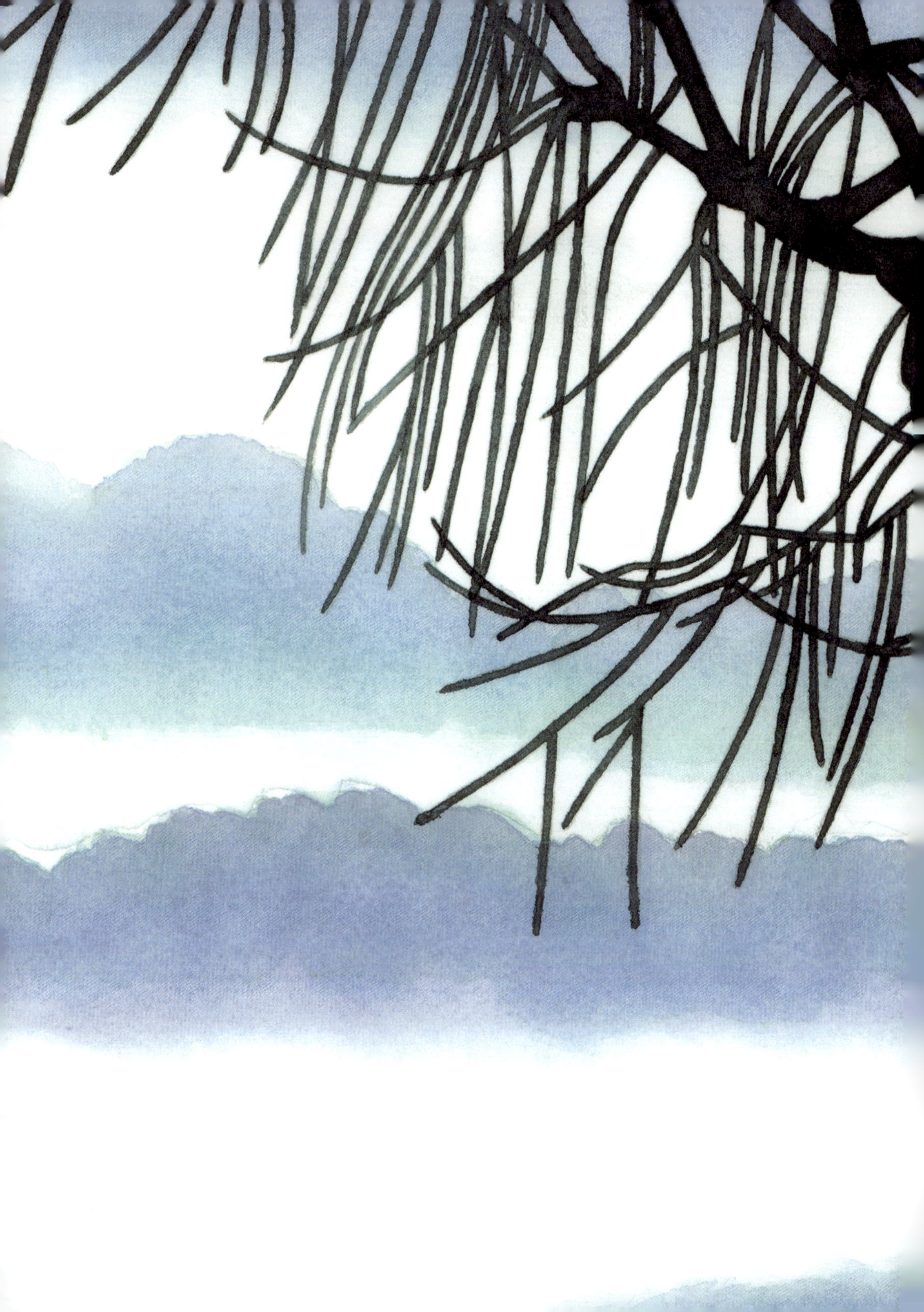

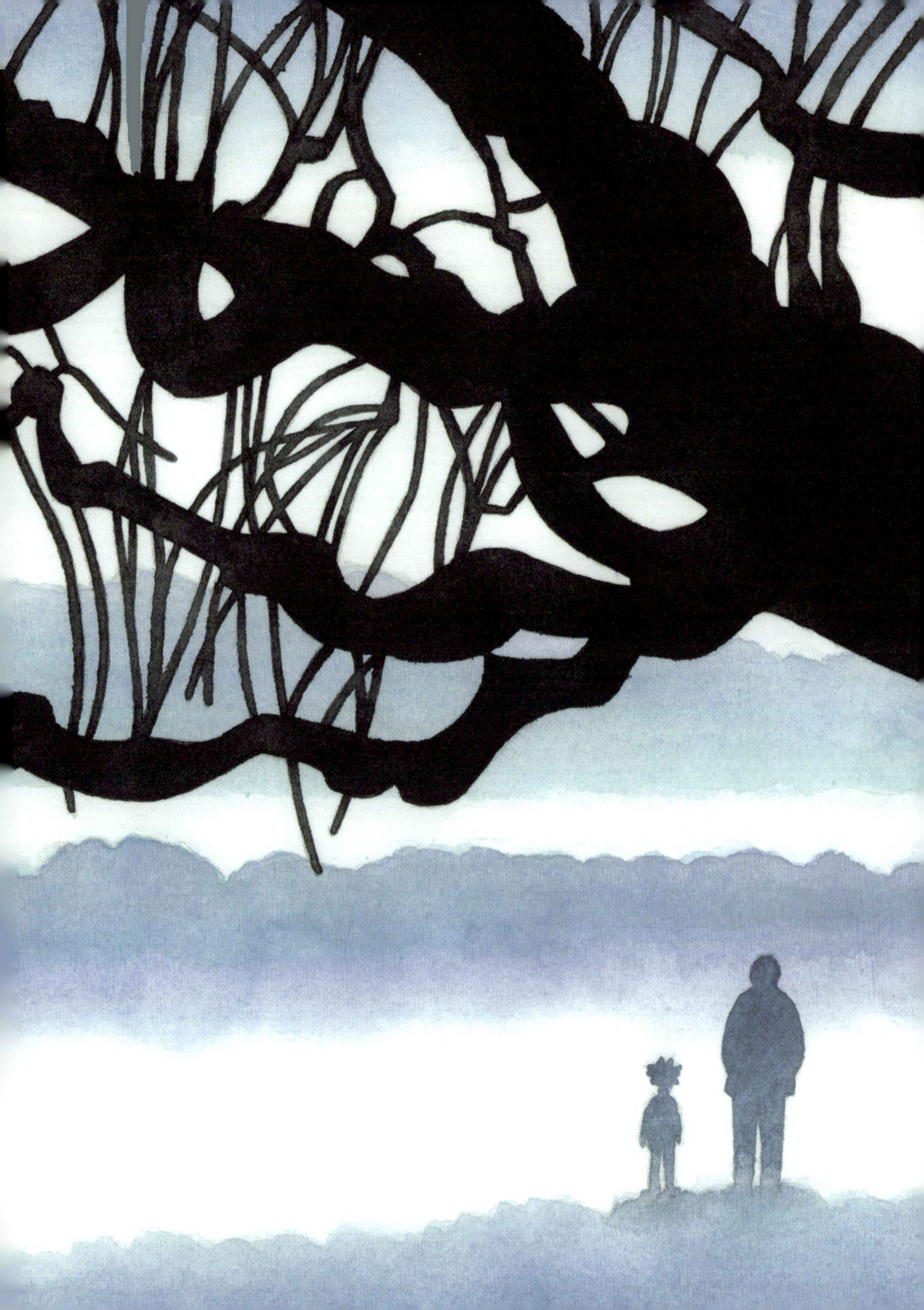

「記住，有時候生活會為我們設下看似難以跨越的障礙，那只是為了讓我們知道，其實我們有能力超越它。」老先生說完對小男孩眨了一下眼睛，每次他對自己的學生感到滿意時都會這麼做。

　　陪著小男孩再走了一段路後，老先生便讓他獨自一人往前行，向他保證自己跟之前一樣不會走遠。

　　小男孩走了好長一段路之後，聽見有人跟在他身後。

　　「導師，是你嗎？」他回頭看，但什麼都沒看到。「有人嗎？」他狐疑地再次開口問，還是沒有人回答。「也許是風吹過樹梢的聲音。」小男孩心裡這麼想，便繼續他的旅程。

　　但他又聽見不遠處傳來一個聲響，不是羚羊的蹄聲，不是犀牛沉重的腳步聲，也不是老鷹拍翅的聲音。他猛然轉身，依然什麼都沒看到。

　　「有人嗎？」小男孩提高音量再次問道。這次，還是沒有人回答，只有樹葉窸窣作響及水流淙淙的聲音。「真奇怪，」小男孩自言自語。「我明明有聽到聲音。」他回頭繼續前進，

但是心裡多了一絲恐懼。

　　小男孩一直覺得被跟蹤，他決定面對恐懼，語氣堅定地開口問道：「你是誰？你為什麼不出來？為什麼躲躲藏藏？」

　　周遭還是沒有任何回應。小徑漸漸遠離河流，小男孩走到一塊岩壁前方，因為這條路不通，他得循原路回去。就在小男孩思考該怎麼做的時候，他看見一根樹枝動了起來。不對，那不是樹枝……

那個原本纏成一團的東西，慢慢現出原形！牠的身體很長，沒有腳，分叉的舌頭一吐一縮，好像在品嚐空氣的味道，一雙銳利的眼睛正盯著小男孩看。

「你是誰？」小男孩再次發問。

「一個朋友。」蛇回答道。

「我不認識你，你怎麼會是我的朋友呢？」小小冒險家反駁牠。

掛在樹上的蛇持續盯著他看。「我們一起走了一段路。」蛇嘶嘶說完後露出微笑，為了更靠近小男孩一點，牠沿著樹枝往下爬。

「我們才沒有一起走呢。為什麼我叫你的時候，你不立刻出現呢？」

「我沒有聽到⋯⋯」蛇從一根枝椏爬到另一根枝椏，這讓小男孩覺得很不舒服。

「你偷偷摸摸跟著我，我叫你你又不回答，我不相信

你……你說我們是朋友,我為什麼要相信你?」

那條蛇還在爬行,離小男孩越來越近。「或許你說得對,我們還不是朋友,但是我對你很有用。」蛇嘶嘶說。「我知道很多事,我可以幫你,為你指引方向。」

小男孩往身後的岩壁退了一步,覺得這件事不對勁,他的胃彷彿被老虎鉗夾住,扭成一團。

「我只聽從我的原則、我的導師和我的朋友⋯⋯如果就像你說的,你想幫我,為什麼一直躲起來?」小男孩繼續追問。

「原則是很重要的東西,一個小孩怎麼可能懂?」

小男孩下意識地把手伸進裝小石頭的口袋裡,將它們緊緊握在手心裡,像是要確保它們的安全。他想對那條蛇大聲地說他年紀不小,那些原則他都懂,但他說不出口。蛇懸在半空中,大半身軀依然纏繞在樹枝上,一直盯著小男孩看,彷彿在研究他。

「你快樂嗎?」蛇打破沉默,開口問小男孩。

「快樂。」小男孩毫不遲疑，他覺得全身跟石頭一樣動彈不得，但聲音很篤定。

　　「你不害怕嗎？」蛇低聲對他說。「你知道我可以對你做什麼嗎？如果我的牙齒咬到你的皮膚會發生什麼事？」

　　恐懼。一瞬間，彷彿一切都凝固了。那種感覺好真實，小男孩覺得自己全身的血液漸漸凝固，直到指尖。對，他感到恐懼。他害怕那個不認識的動物，覺得渺小且無助，所以害怕。

　　恐懼。這個名詞在小男孩心裡，如同宣告暴風雨即將來臨的雷聲隆隆作響。「暴風雨……」他突然想起了導師對他說過的話：「當恐懼變成暴風雨，你可以在小事物中尋求庇護。」

　　於是小男孩深深吸了一口氣，看著蛇的眼睛。無論發生什麼事，他都可以面對，他會繼續前進，他會長大，再次見到他的犀牛朋友。

　　於是他回答道：「我害怕是因為我不認識你，我害怕是因為，如果你要的話，你可以傷害我。所以你真的要傷害我嗎？」

他坦率的態度是如此簡單有力,真實純粹,反而讓蛇有所顧慮,稍微縮了回去。

「沒有,」蛇嘶嘶說。「至少現在還沒有。跟你講話很有趣。你為什麼一個人在這片森林裡徘徊呢?」

「我不是一個人。」小男孩大聲說。但他發現自己這麼說有矛盾之處,所以他又進一步解釋:「我有朋友,只是他們不能留下來陪我,他們得走他們自己的路。」

「噢⋯⋯」蛇冷笑道。「所以你是一個人沒錯。」牠說話的時候舌頭從口中吐出來又縮回去。

啟程時導師跟他討論過孤獨。「我們有時候是孤獨的,但正是在這個時候,我們才明白自己的力量。」老先生對小男孩說。

「但如果我需要幫助呢？」小男孩當時問。「我不喜歡一個人⋯⋯」

「學會獨處是人生教導我們最困難的一堂課。有人選擇孤獨，有人孤獨並非出於本意，但你要永遠記住一切都可以學習，只要你豎起耳朵。」老先生接著說：「獨處有什麼好害怕的？」

「不開心，覺得自己做了錯的選擇。」

「開心與否是個人選擇。你可以把一座山當成是障礙，也可以當成機會。如果把一座山當成機會，你爬到山頂，就能看到美不勝收的風景。反之，如果你心中只想著那座山好高，爬山好累，你連一步都跨不出去。」老先生接著說：「孤單一個人不代表做錯選擇，很可能是因為你與眾不同。因為你獨自一人，所以不同。你要記住，每個人都有自己的路要走。從某個角度來說，我們每個人走在自己的人生路上，都是孤獨的。也許我們運氣好，

有人陪我們走一段路，但那條路是我們的，不是別人的。你可別搞錯。」

「可是跟別人結伴同行比較不累。」小男孩反駁道。

「確實如此，」老先生說。「所以遇到旅伴是很幸運的一件事。你要記住旅伴是人生中最珍貴的寶藏，即便他們只陪你走了短短幾步路。」

「我如果學不會獨處怎麼辦？」

「你會的。人生是很嚴格的老師，在你學會之前它也不會放棄你。學會跟自己相處，學會陪伴自己、欣賞自己、幫助自己，學會做所有讓你自己覺得開心的事，不去做為了討好別人而做的事。那個時候，你是自己世界的中心，可以專心療癒自己，強化你的心靈，追求快樂。儘管很艱難，儘管有時候你會覺得只有自己並不夠，但你要記住在你內心深處有一個完整宇宙需要你守護。」

小男孩想起了他跟導師的這段對話，於是他對蛇說：「對我來說，一個人不是問題。」

那條蛇歪歪頭。恐懼還未在那個小男孩心裡扎根。

「一般來說，孤單是弱點，不是優點。」

「我花了一點時間，但我想我現在搞懂了。」

「你搞懂了什麼，小傢伙？」蛇問小男孩。

「我一個人也辦得到。」小男孩回答道。

這時候蛇退回樹上，然後順著樹幹往下爬到地上。牠的身軀比小男孩以為的更長。在地上爬行的蛇立了起來，高度正好可以直視小男孩的眼睛，牠張開大嘴，分叉的舌頭就在小男孩眼前。

「你也是一個人。」小男孩絲毫不打算退讓。

「我跟你在一起。」那條分叉的舌頭距離小男孩的臉只有幾公分。

「在同一個地方不代表在一起。你想嚇唬你遇到的人，你根本不懂什麼叫做朋友。」小男孩告訴牠。他接著說：「你為什麼要讓我覺得自己渺小又無助呢？你為什麼要我覺得害怕？」

蛇呆住了，吞吞吐吐地說：「那是我的本性。我靠近獵物，

他們越無助，我就越容易得手。我沒辦法改變我自己。」

「那你可以試試看。」小男孩不贊同牠的說法。

蛇以近乎崇拜的眼神看著小男孩。那個小孩顫抖的雙手透漏出他的焦慮，但他還是鼓起全部勇氣說出口。

「你有一位好老師。」最後蛇慢慢盤成一團，對小男孩說。「我沒辦法做到你要求的事，但我會讓你走，因為我測試你，而你面對挑戰時沒有退縮。我在你身上看到了很少能在其他人身上發現的特質——**勇氣**。」從樹枝間爬行而來的牠，現在以同樣的方式離去。

小男孩待在原地沒動，直到他放鬆下來吐了一口氣，才意識到剛才大多數時間他都摒住呼吸。就在那一刻，他看見導師在樹林盡頭向他招手，要他過去。小男孩毫不遲疑奔向導師。

「你怎麼不早一點來？」小男孩問他。

「你不需要我。」老先生說。「有些路應該自己一個人走完。現在我要帶你去看一個東西。」老先生跟小男孩一起離開了蛇的地盤。

另一顆小石頭在小男孩的口袋裡閃閃發亮，他沒有看，只伸手握住那顆發出紅色光芒的石頭。他知道這次發光的肯定是寫著「勇敢」的那顆石頭。

即便他沒有把那顆小石頭拿出來，它還是給了他指引，也給了他力量。

「原來原則是這樣運作的啊。」小男孩心想。

「就算我們沒有看著它，它也是我們的一部分。所以導師說得對……只要懂得聆聽，有時候可以讓自己被帶著走，相信我們選擇的一切。」

他再次出發的同時，想起了羚羊有一次對他說：「每一刻都是獨一無二的，都隱藏某些美好事物。」

蛇或許不會改變牠的本性，但有一件事是確定的，小男孩這次學到了非常重要的一課：恐懼固然存在，但勇氣永遠能戰勝恐懼。

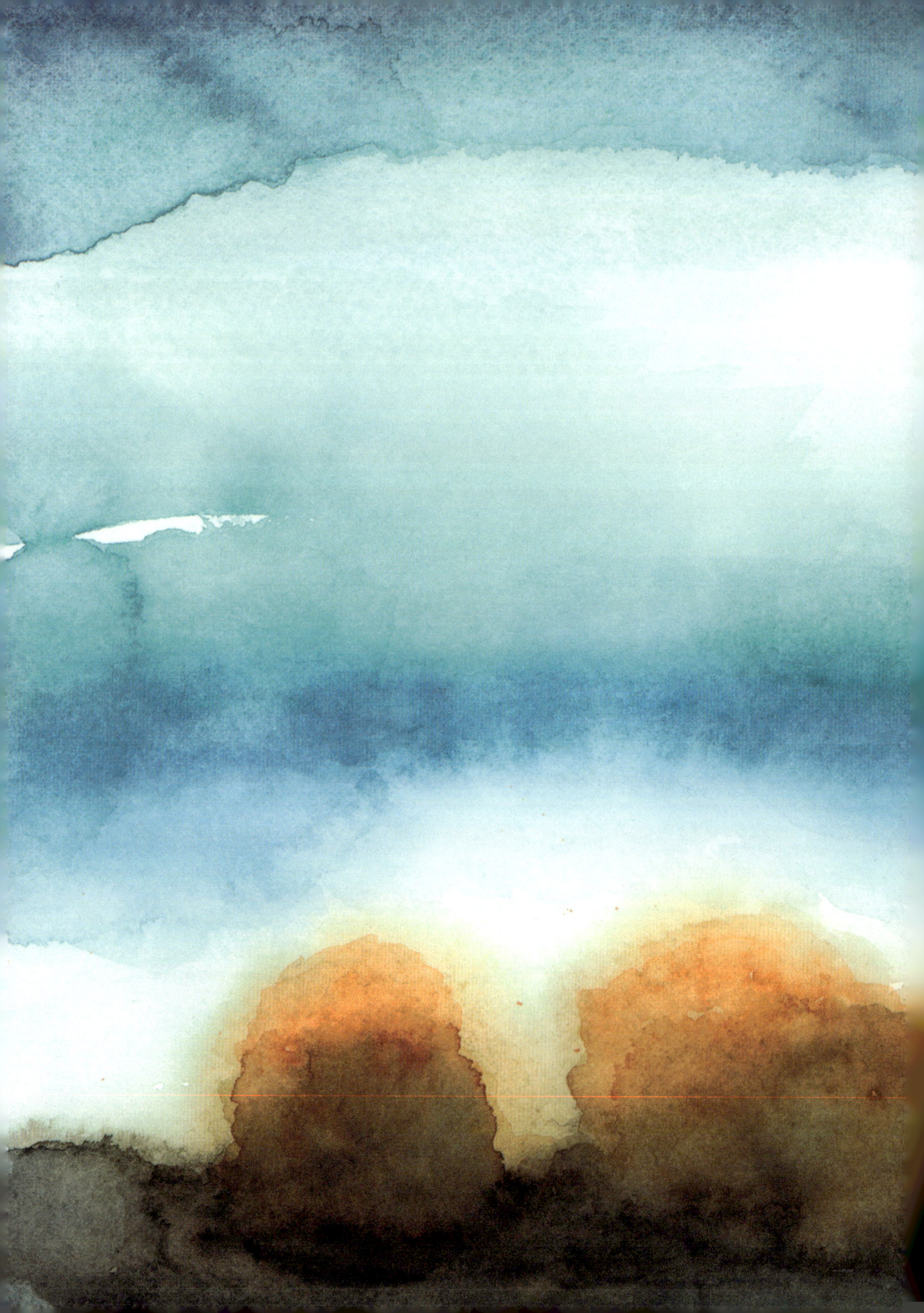

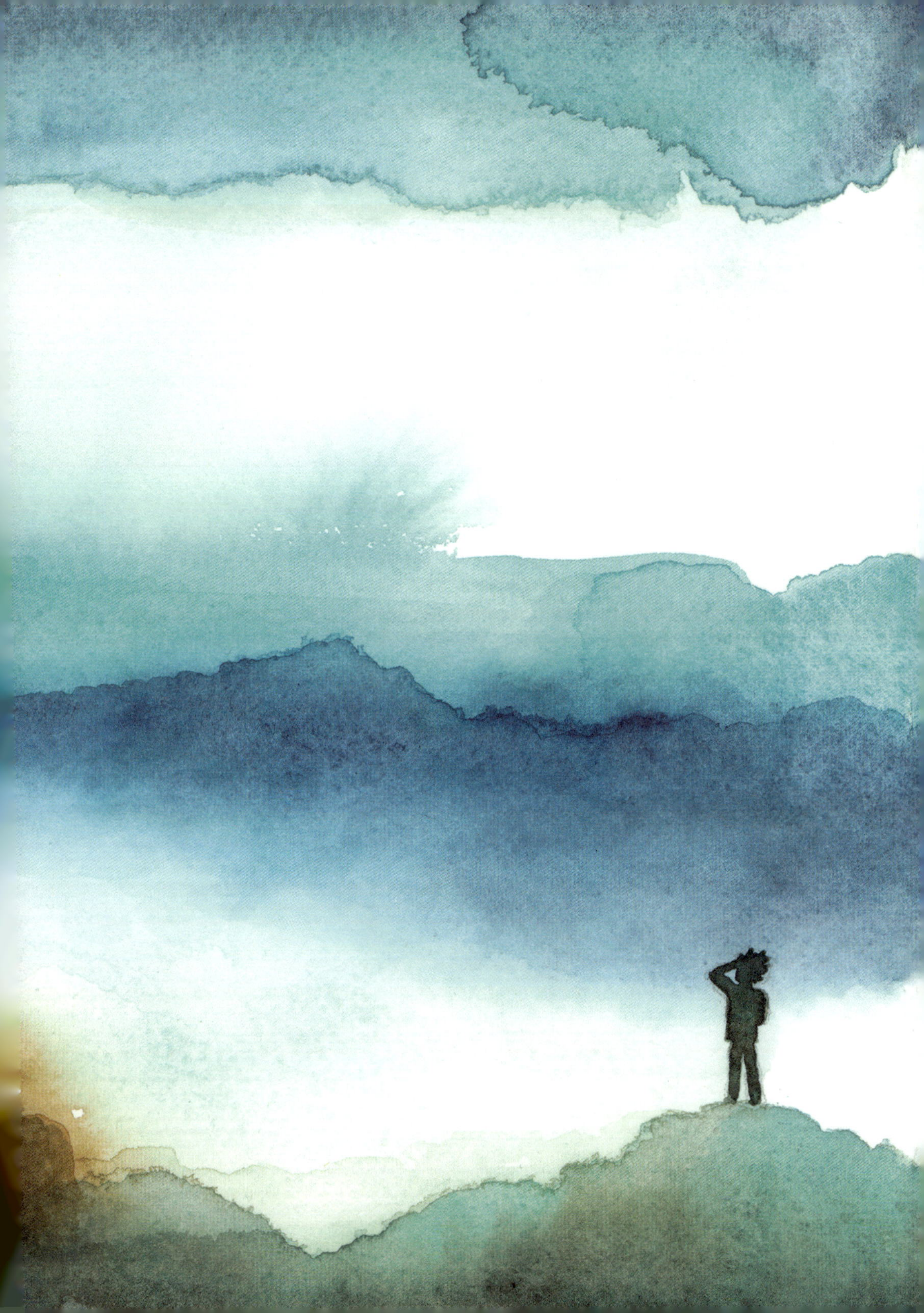

Chapter 8
找回失去的原則

　　小男孩已經花了好幾天,攀登導師指引他去前往的那座山。他出發前打量過,這座山是所有山峰中最高的,光是站在山腳下,就能感受到它有多麼宏偉。從下面往上看去,這座山巍峨聳立,感覺好不真實,令小男孩看得目瞪口呆,決定立刻動身。

　　這是個艱鉅的挑戰,但是小男孩想要一個人獨力完成,全力以赴挑戰它。若爬到山頂,他將能夠看盡山下的風景,也就是說,他可以看到整座森林!

「等我和犀牛分享自己一個人爬到山頂的過程,牠的表情一定很豐富!」小男孩邊走邊想。

然而，隨著日子一天天過去，路越來越陡，他開始覺得越來越疲憊。山頂似乎就在那塊岩石或那棵樹後面，卻遲遲走不到，拐了一個又一個彎，看不見上坡路的盡頭。

直到有一天，小男孩坐在一顆大石頭上，一手托著臉龐，問自己這麼辛苦到底值得不值得。突然間，他對這件事變得不再有把握了。如果回到比較好走的熟悉道路上，他就可以休息，但也等於放棄夢想。儘管沒有人會因為他半途而廢批評他，但是他的內心有個聲音叫他不要放棄。

這一回，小男孩遇到的敵人真的很難對付，敵人是他自己。要如何做出正確的決定呢？他無法預測未來，不知道花那麼多時間和精力攻頂是否值得。

固執地選擇了這條路，會不會因此錯過其他路？會有辦法想清楚自己要什麼嗎？小男孩不知道。於是他幾乎整個下午坐在那裡，無法決定何去何從。

「怎麼了？」突如其來的聲音把小男孩嚇了一跳。他轉頭看向聲音傳來的方向，赫然發現一隻巨大老鷹棲息在樹枝上。牠輕

盈得彷彿沒有重量一般,整齊油亮的羽毛和炯炯目光,讓牠看起來十分高貴。

小男孩看呆了。

「我的計畫進行不如預期,所以心情低落⋯⋯」小男孩向老鷹吐苦水。

「那你可以躺下來，離它近一點。」老鷹說。

「這不是個能讓心情好轉的建議。」小男孩說。

「但它可以讓你看得清楚些。」老鷹的話就像在打謎語。

「那之後我該怎麼讓心情好轉呢？」

「伸手拉它一把。」老鷹歪了歪頭，直截了當地說。

「要是我還是不知道該怎麼做呢？」

「那就表示你丟掉了某樣東西。」這句話不是問句。

小男孩思索片刻後開口問：「我丟掉了什麼？」

「你自己知道。」

小男孩突然懂了。他摸了摸平常用來收納原則的那個口袋，是空的。

「怎麼不見了？」小男孩很焦慮。

「你忘記它們了。你丟掉了原則所以走不快，現在也因為疑惑變得進退兩難，被不確定影響所以感到疲憊，腳步也越來越沉重。」老鷹的語氣，讓他聽得格外認真。

「那我要怎麼把它們找回來？」小男孩很慌張。

「有時候改變看事情的角度，有助於找回失去的東西。你試試從高處俯瞰。」老鷹建議他。

「可是我不會飛……」

「你如果夠相信自己，什麼都做得到。」老鷹說。

「說起來好像很簡單。」小男孩說。

「很多非常重要的事，看起來都很簡單，所以它們往往被低估。不過簡單不代表它容易實踐。」

小男孩花了一整晚的時間，向老鷹學習飛行的祕訣。一個人要改變自身習慣很難，得先忘記如何走路，才能騰出一點空間來學會飛翔。

飛行會有一瞬間的不穩定，例如騰空的那一刻。

「人都害怕改變。」小男孩說。

「站著不動才可怕。」老鷹回答道。

「希望有用。」

「肯定有用。」

小男孩終於成功飛起來的時候,天已經亮了。他只飛離了地面幾公尺。

「我該從哪裡開始尋找我的原則呢?從我走過的路嗎?」小男孩發問。

「從你想走的那段路開始。」老鷹糾正他。

「可是我還沒去過那裡。」

「所以你的原則才會在那裡,總之可以先從那裡開始。」老鷹說。

等小男孩飛得更高,把所有煩惱都留在地面後,他才發現之前那座山其實有無數個山峰,一個山峰比一個高。

「那是一座山脈。」老鷹解釋給他聽。

這是小小冒險家原先在地面或從遠方看不到的,他感到非常意外。

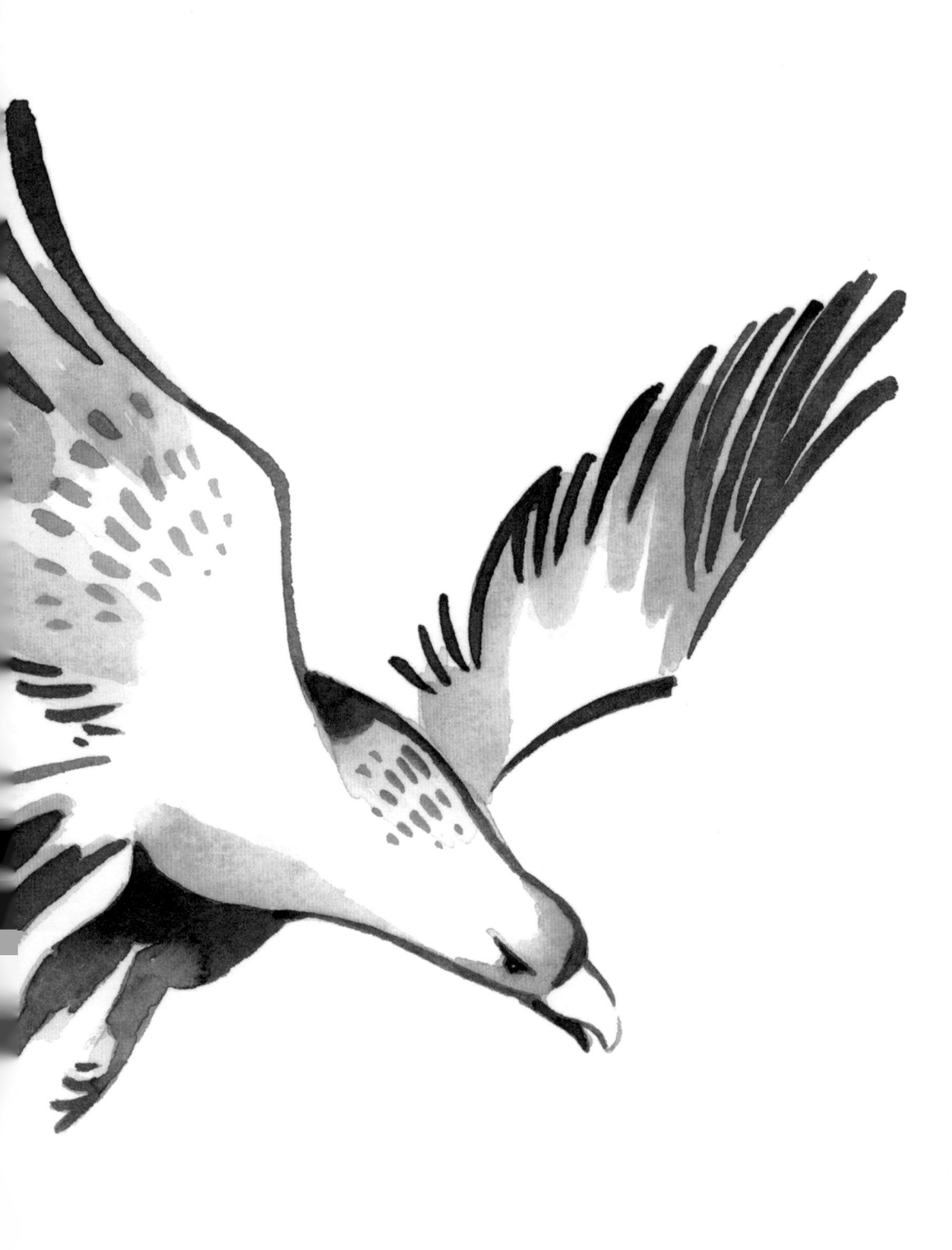

「你爬到山頂，發現還有另一個更高的山頂，好像你做得永遠都不夠。這讓人很難受。」小男孩說。

「那是因為你以為終點就是目標。」

「難道不是嗎？」

「爬山的過程才是。」老鷹回答。

小男孩發現從高處看到的世界不一樣。他看見了之前看不見的事物。

「我的原則在那裡！」他看到小石頭散落在不同小徑上，高聲歡呼。

「我得花很多時間，才能把它們全部撿回來！」

「但是值得。這會提醒你一件很重要的事。」老鷹說。

「是不要再把它們弄丟了嗎？」

「你永遠可以把它們找回來。」

「我在空中覺得好輕鬆，在這裡選擇走哪條路容易多了。」小男孩開心地說。

「但是你如果想走完全程，還是得回到地面上。」老鷹說。

小男孩果斷點頭。於是他們一起返回地面，回到最開始出發的同一個位置。

「這真的值得嗎？」小男孩邊問邊繫緊鞋帶。他每次準備出發前都會做這個動作。

「沒有人知道答案，你只能賭。」

「萬一失敗了呢？」

「萬一成功了呢？」

小男孩看著老鷹笑了。「要換一個角度看事情。」

老鷹為小男孩感到驕傲，牠重新飛向天空，長鳴一聲向小男孩告別，便回到高空中乘著氣流遨翔。

日子一天天過去，小男孩專注於一步一步前進，沒有在第一時間察覺他已經爬上山頂，爬上了最高的那座山頂。

要不是陽光照到他臉上，他恐怕根本不會發現自己在哪裡。小男孩抬起頭，看著明亮燦爛的太陽就在他眼前；往下看，則是無數綿延的林木，和無邊無際的森林。他驚訝得說不出話來，

那景色實在太美了。所有疲勞都被拋諸腦後，此刻他的眼中只剩下那無邊的美景，還有周遭不可思議的寂靜。

老先生不發一語，心滿意足地看著這個完成了壯舉的小生命，感到無比喜悅。

他看到小男孩抵達山頂後轉身回望了一眼，因為知道老先生雖然沒有出現，但是一直跟在自己後面。

小男孩看了導師一眼，彷彿在說：「你看，我辦到了」。老先生向前走了一步，鼓勵他好好欣賞自己應得的美景，之後他們會有時間慶賀。小男孩懂了，導師要將這一刻完全留給自己。

彷彿過了一個世紀，又彷彿只有一瞬間，小男孩終於有力氣向前跨出一小步，在一塊大石頭上坐下。他要好好享受那一刻。

「不可思議。」

小男孩想不出其他形容詞，他覺得其他文字都不足以形容他此刻的內心激動。他為自己爬上這座山感到驕傲。但於此同時，他又不覺得完成了什麼了不起的事。

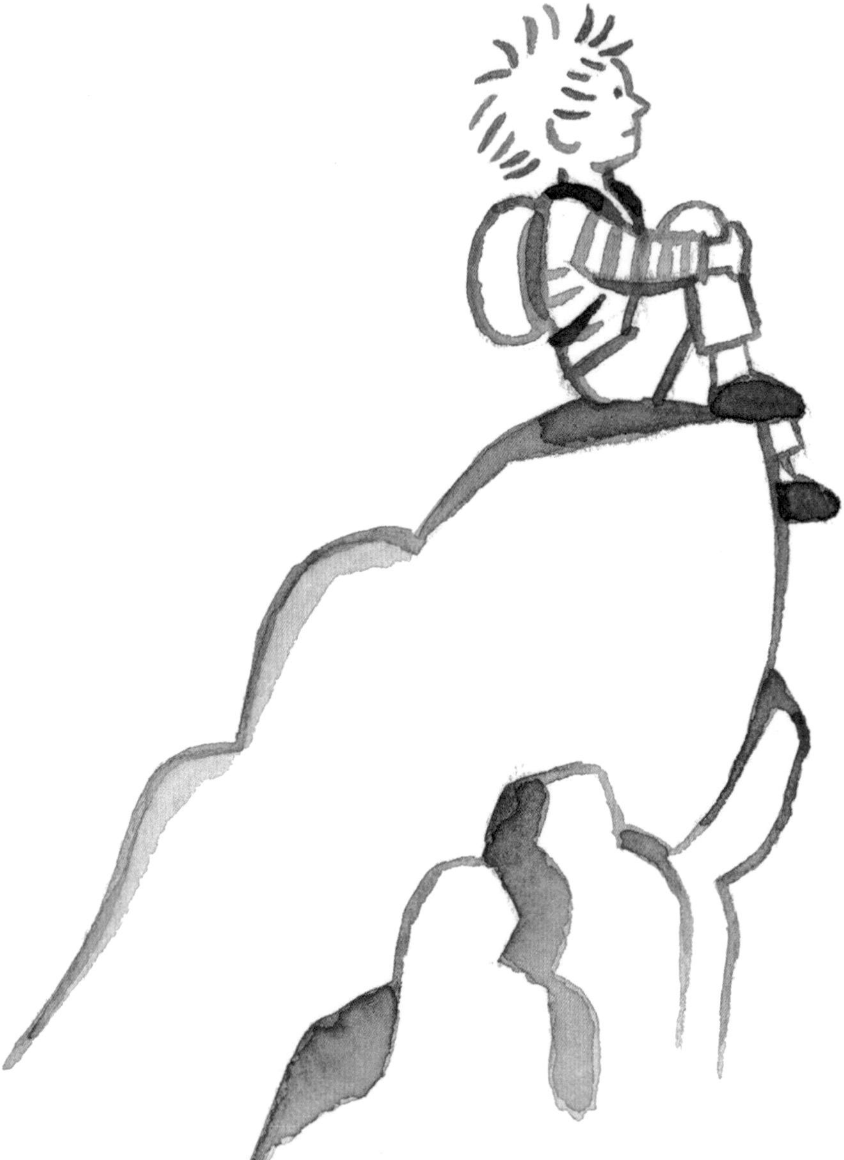

總而言之，他經歷千辛萬苦，但最後登上山頂似乎是理所當然。只要一步接著一步，堅持到底。

其實他應該相信自己。那並不是理所當然的結果，而他辦到了。他笑了，心跳得好快。

小男孩站起來，想把他的快樂告訴全世界，他走到山崖邊，深吸一口氣再吐出來。他發出喜悅的呼喊，喊出他的疲憊、滿足、憤怒、孤單，還有那一刻的平靜。他呼喊是為了讓他的犀牛朋友也能聽見，讓整座森林都能分享他的快樂。等力氣耗盡後，小男孩冷靜下來。他要將其他感受記在心裡，當他重新擁抱犀牛時，再跟牠分享那些心情。

他準備好再次出發，回到山下。他知道重新上路並不容易。他才剛爬完山又要接著走路，不過他準備好了，長大那條路還沒結束，他得繼續前進。

他還需要一點時間恢復體力，深深吸了一口氣。小男孩知道自己不能就這樣留在那裡。他再一次深呼吸，想用他的眼睛、他的肺、他向前伸出的雙手，將身邊所有美好都帶走。

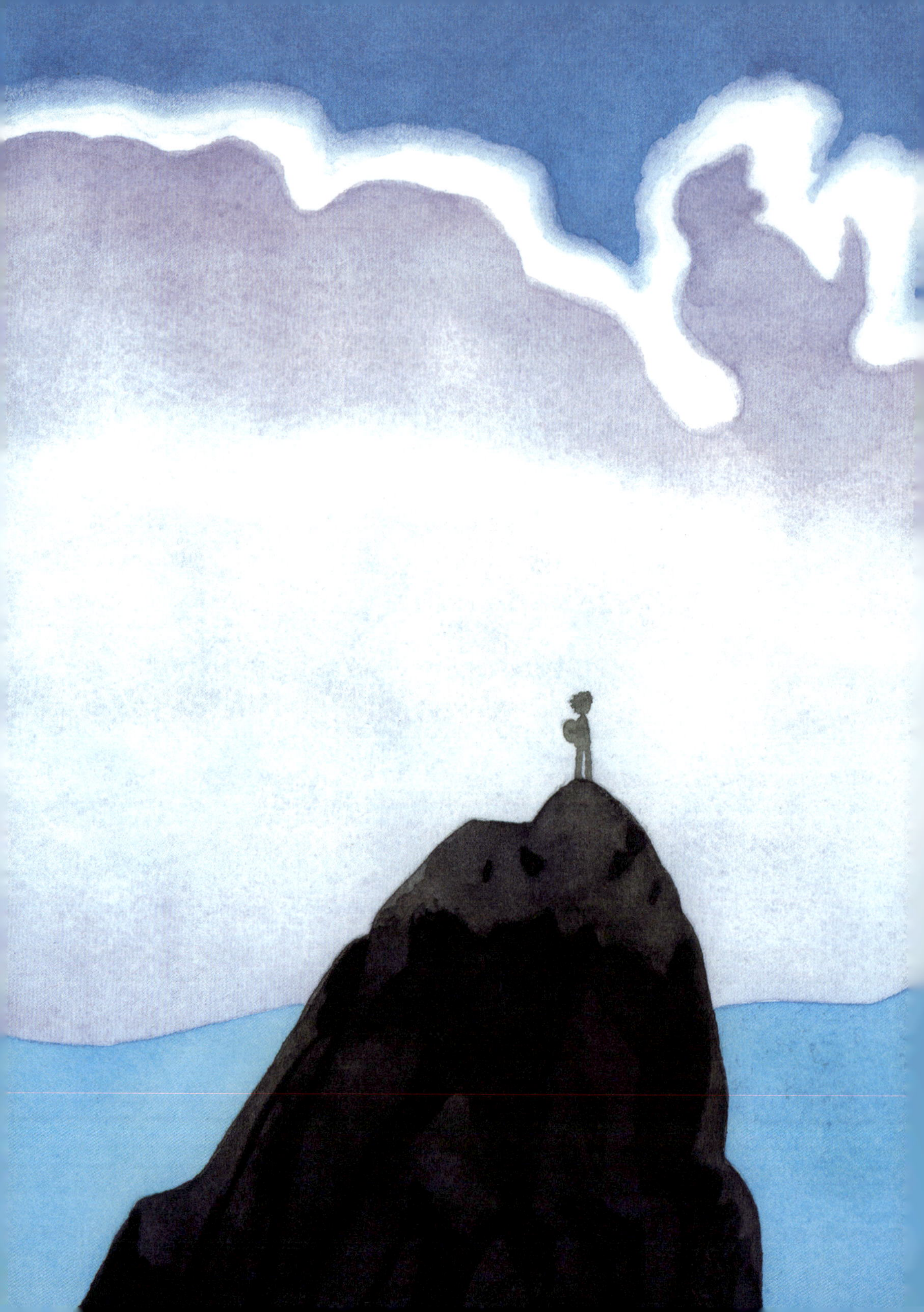

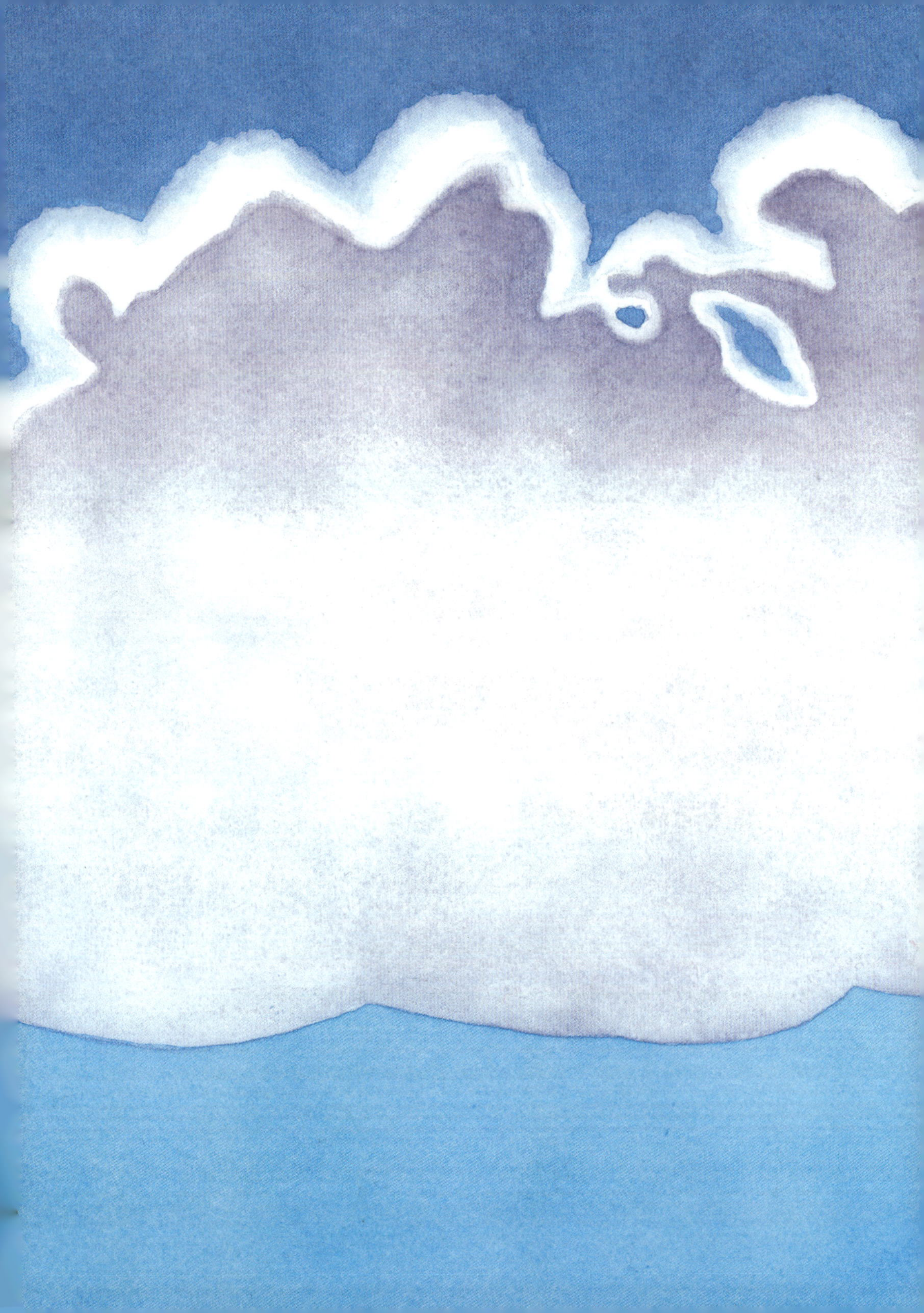

一步接著一步。犀牛在等他。

一步接著一步。他會慢慢長大。

繫緊鞋帶。小男孩再次出發。

只能一步接著一步。之前，他就是這樣爬上山頂的。

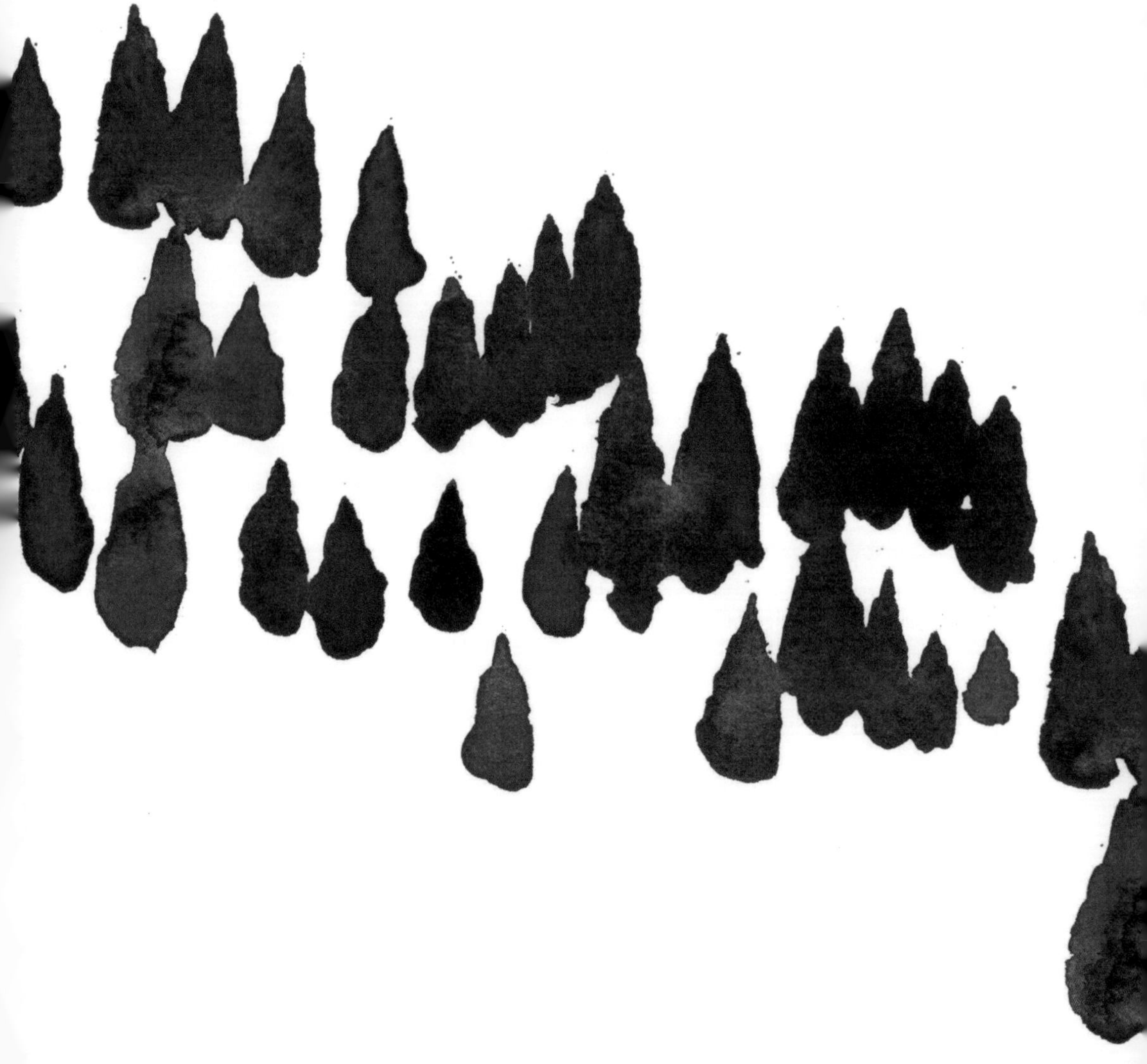

Chapter 9
帶刺的新朋友

　　小男孩再次出發,他在小徑的一塊巨石後面,發現一塊巨大的皮革,正慢條斯理、悠閒地移動著。他感受到無與倫比的快樂。是犀牛!

　　他立刻跑向牠,根本沒時間說話,直接撲上去擁抱對方。犀牛努力轉過頭來,才用餘光瞄到朝他飛奔而來的小小冒險家。他大吃一驚,被小男孩撲倒在地,兩人放聲大笑。

　　「再次聽到這個聲音真好!」小男孩心想,隨即把他路上遇到的各種狀況,包括河馬和牠送的禮物,遇到蛇之後他如何勇敢面對,爬山過程多麼辛苦,老鷹如何幫他找回他的原則。小男孩拿出口袋中的小石頭,得意洋洋地展示給犀牛看。

他還告訴牠攻頂的事,以及他在山上看到美不勝收的風景,雖然這和他沿路所見的,根本無法相比。最令他得意的,還是自己走過的那段路,畢竟山頂只不過是路的終點而已。

「那現在呢?」犀牛問他。

「現在什麼?」小男孩反問。

「你現在想要什麼?」

「變得快樂。」小男孩回答道。

「這聽起來是最棒的選擇。」犀牛說。

不久後,兩個好朋友決定再次結伴同行。

忽然,小男孩在途中看見草叢裡冒出了一根根尖刺,他被嚇到連忙往後退了一步。

「那是什麼?」他驚魂未定地問道。

「是豪豬。」犀牛回答道。

「牠的背上怎麼有那麼多刺?」

「那是因為要保護自己。」

小男孩看得目不轉睛。那隻動物背上長滿密密麻麻的鬃毛，誰都不敢觸碰牠。不過小男孩環顧四周，沒看到任何東西會威脅到豪豬的安危。於是他小心翼翼地靠近牠。

　　「你在防備什麼呢？」小男孩問牠。

　　「我什麼都防備，因為任何東西都可能傷害我。」豪豬回答道。牠縮成一團，把頭藏在牠的盔甲裡。

小男孩沉思了一會兒，開口說道：「我也想像你一樣長滿尖刺。我也希望能夠保護自己。我被傷害了不只一次。」

他看著豪豬，為自己的軟弱感到羞愧，同時對豪豬的強大感到羨慕。這隻動物這麼小，就能靠自己抵抗全世界。

豪豬聽小男孩這麼說，伸出小腦袋來瞄了他一眼。

「你沒有鬃毛，也不可能有鬃毛。」豪豬語氣篤定地說，立刻又把小腦袋縮了回去。

「你得找到屬於你的方式保護自己。」

那時，天色已晚，小男孩和犀牛決定在附近紮營過夜。小小冒險家的腦袋裡一直在想豪豬說的話。他也想學會保護自己的方法，不再被任何事或任何人傷害。小男孩轉過頭去看豪豬，牠還待在先前同一個地方。他想去找豪豬說話，但是牠的鬃毛依然高高豎立。

「如果牠不讓我靠近，我要怎麼請牠幫忙呢？牠為什麼沒有威脅時也要保持防衛？」小男孩詢問他的旅伴犀牛。

「也許這麼做，會讓牠感覺好一些。」犀牛說。

「自己縮成一團，感覺怎麼會好？」

「你不認識牠，就無法看透牠的內心。你可以去試著和牠說說話。」

小男孩躺下來，把雙手放在腦後當枕頭，看著夜空星辰。儘管他知道自己無法改變豪豬的想法，但他可以試著理解牠，或稍微從牠身上學到一些東西。他的口袋裡，有一顆小石頭亮了起來。沒錯，他一定可以的。他能學會如何保護自己，避免被這個世界傷害。

第二天早晨，小男孩開始認真觀察豪豬。「你沒有辦法長鬃毛，但你可以向牠學習，試著用牠的眼睛看世界。」犀牛看小男孩一大早就爬起來，給了他這個建議。

小男孩走向渾身是刺的豪豬，語氣堅定地問牠：「我要怎麼才能學會保護自己？」

「修復傷口比避免受傷更痛，對嗎？」豪豬問他。

「對……」

「當然對。」個頭嬌小的豪豬把腦袋伸出來瞪了小男孩一眼，彷彿對他的猶豫感到非常不滿。「但有時候必須站出來，即便可能會受傷。你得先知道你願意為了什麼冒險。」豪豬這麼說。

最初小男孩沒有注意到豪豬說的最後一句話，他滿腦子想的都是豪豬身上的盔甲。「我也需要幾根刺……」

豪豬搖搖頭，嘆了口氣糾正他：「你得找到屬於你自己的方式來自我保護，因為每個人的方式都不同。」說完就重新把

牠的腦袋埋進盔甲裡。

小男孩對於如何找到自己的方式來自我保護毫無概念，也無法理解這個新朋友的世界。

「或許我可以先讓牠認識一下我的世界。」小男孩心裡這麼想，說不定豪豬可以給他有用的建議。

於是那天他保持安全距離，跟豪豬說了好多話。他告訴牠自己的經歷，還告訴牠自己學會了什麼，遇到了哪些朋友。

豪豬沒有走開，雖然牠依然豎立著鬃毛，但願意聽小男孩說話，偶爾點點頭，或回應幾句。

小男孩很高興豪豬讓他靠近。豪豬不時會對小男孩惹的禍嘮叨兩句，或瞪他幾眼，但始終願意聽他說話。

小男孩看到豪豬聽他說那些冒險故事時的奇怪反應，差點忍不住笑出來。

就這樣，小男孩忘了鬃毛的存在，不再把它們當作阻礙也不再害怕，反而覺得那些刺不過是這位新朋友身上的裝飾品。

Chapter 10
行動才能改變世界

　　傍晚時分，犀牛提醒小男孩第二天他們還要繼續旅程。小男孩邀請豪豬加入他們行列，但是豪豬沒有回應，只是嘟囔了幾聲，就把小腦袋重新縮回刺刺的盔甲裡。等他們在篝火旁坐下，犀牛說的一番話，讓小男孩開始思索。

　　「你和牠變得親近所以喜歡牠。但牠也有自己的路要走。」

　　「什麼意思？可是我還沒有學會怎麼變得跟牠一樣強大，打造一副我自己的盔甲啊。你有你的角，而我什麼都沒有！」小男孩提出抗議。

　　「你得讓牠繼續牠的旅程，做牠自己。你不能強迫牠加入

我們。但是你可以問牠是否願意做你的朋友。你只能交給牠做決定，不能強迫牠。重要的決定只能自己做主。」

小男孩聽完後沉思了許久。他對豪豬還有很多不了解的地方，不想跟豪豬分開，可是每個人都有自己的路要走。

「做自己」是導師在旅行開始時對他說過的話。

小男孩有了全新體驗——信任。他應該對他們的友誼有信心，並耐心地等待。這好難啊！

出發的時間到了。小男孩去找豪豬，說如果牠願意跟他們一起走，他會很開心。豪豬聽完之後沒有任何動作，也沒有立刻回答，之後牠低聲說：「聽你說故事很開心，不過我屬於這裡。」

「你要如何保護自己不受外界傷害？」小男孩再一次問牠。

「我有我的鬃毛。」豪豬一如往常地回答。但小男孩知道，牠在心裡隱藏了很多東西。不過豪豬並不害怕，牠雖然體型不大，但大家都害怕牠，沒有人敢靠近牠建立起來的防衛盔甲。

小男孩和犀牛再次出發，他們走了幾乎整整一天，直到小小冒險家一臉疲憊，腳都快抬不起來為止。

「你不舒服嗎？」犀牛問他。

「我只是希望豪豬能跟我們一起走，希望牠會想念我。」

「你覺得牠沒有嗎？」

「牠沒跟我們走。」

「你看仔細一點。」

小男孩聽犀牛這麼說，狐疑地看著牠，犀牛輕輕地點點頭示意他看向一棵大樹下方。

小男孩看到一個影子，轉眼就變成了一顆圓形球狀物，那不是普通的球，球上有刺！原來豪豬跟在他們身後！小男孩開心極了。

他奔向豪豬：「你來啦！」

「總得有人教你如何保護自己嘛。」豪豬低聲說。

他們就這樣繼續走著。每天小男孩和犀牛出發時，並不知

道豪豬會走哪條路，他們有時候會放慢腳步，如果那個帶刺的小動物想要的話，隨時可以追上來。

有時，豪豬會稍微靠近他們一些。那時小男孩就會對犀牛偷笑，但臉上不敢露出任何表情，他擔心豪豬發現他和其他孩子沒什麼兩樣，不值得牠繼續陪伴，決定換一條路走。

在一個格外寒冷的夜晚，躲在洞穴裡的小男孩靠在犀牛身上。豪豬跟往常一樣，待在離他們很遠的地方，保持警覺也保持距離。感覺豪豬就像是警衛，守護著他們那個小小的家。小男孩很放鬆，他在自己身邊留出一點空間，以防他的新朋友決定離他近一點。

他回想起自己多次要求豪豬收起身上的刺，對方都沒有答應。儘管如此，小男孩從未停止這麼做，他緊抓著自己的信念堅持不放，或許是因為這個態度，讓他越來越強大。

豪豬也很高興能與這對奇怪的旅伴同行，而他們也習慣了豪豬身上的刺。「你們兩個真奇怪。」每次豪豬靠近這對朋友時都這麼說。

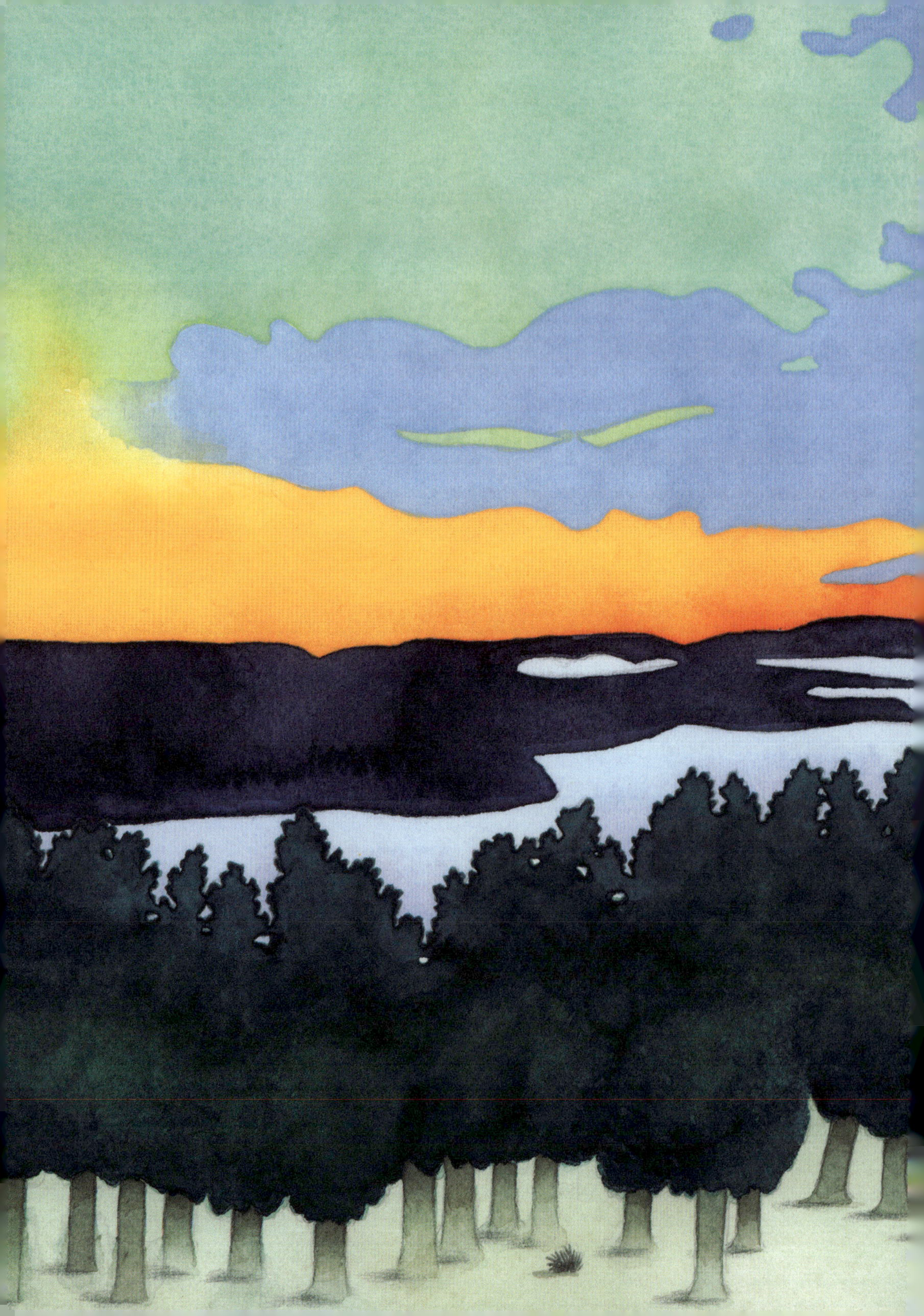

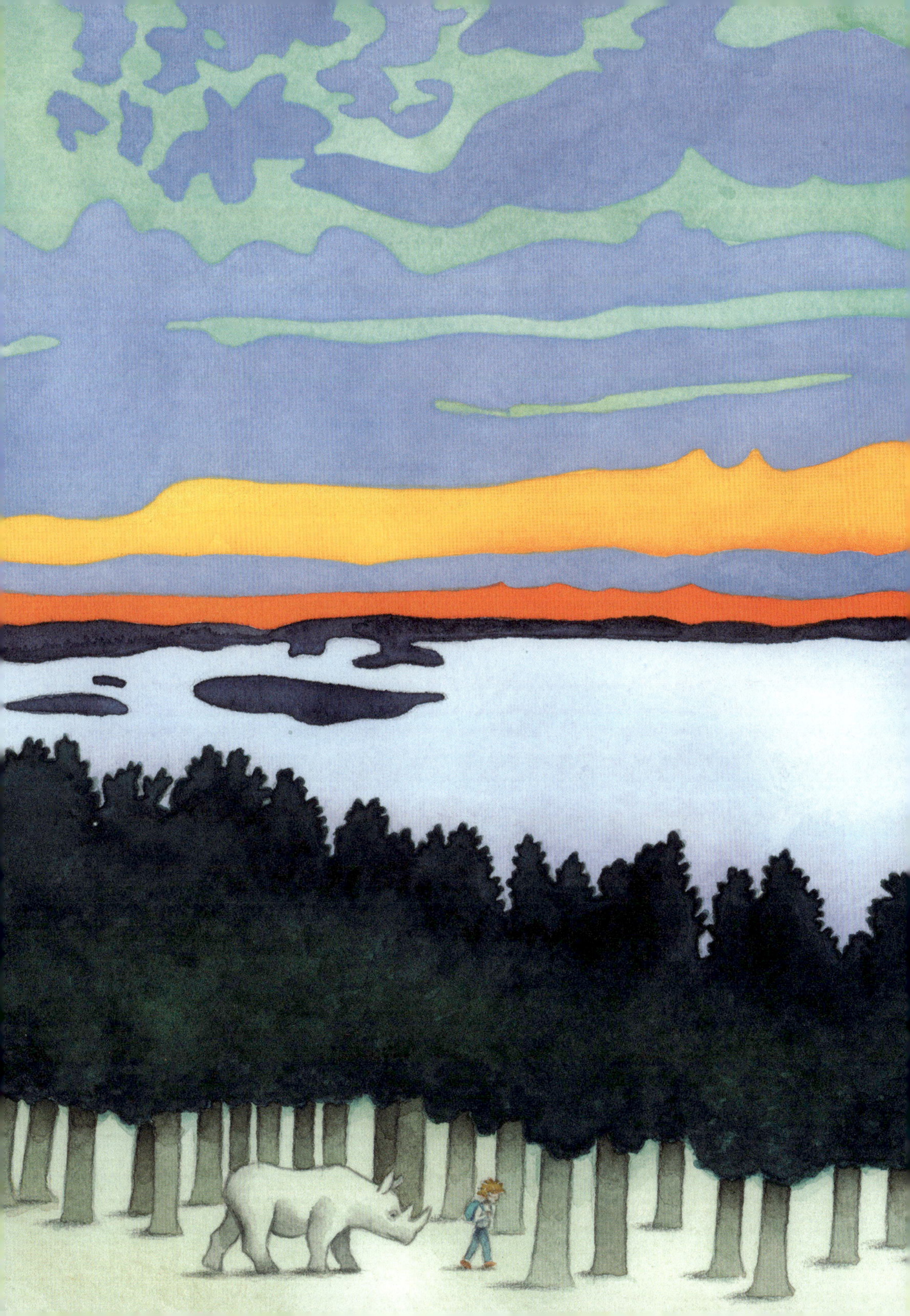

「為什麼這麼說？」小男孩問牠。

豪豬不但不回答，還反問他：「你在想什麼呢？」

「我一開始認為，你永遠不肯脫下布滿尖刺的盔甲是錯的，但後來我明白這一點並不會讓你我疏遠。或許你永遠不會收起身上的刺，但是只要你在，我就很開心，白天的時候我轉身就看到你，我也很開心，而且安心。很感謝你在天黑後陪伴我，和我們一起圍坐在篝火旁。」

「我如果離你們太近，就有可能不小心刺傷你們，我的鬃毛很尖。」

「我知道，」小男孩說。「有可能會發生，但這不會改變你在我們心中的位置。」

「每個人都有尖銳之處。」犀牛指著自己的角說。「傷害到彼此，是有可能會發生的事情，但是那些接受你的人，也得學會保護自己，才能避免被你刺傷。你應該要相信你身邊的人，他們比你以為得更強大⋯⋯也更頑固。」犀牛說完後對豪豬眨了眨眼。

豪豬沒再多說，牠保持著剛剛好不會刺到他們的距離，在附近休息。

　　然後有天發生了一件事，大家一開始都沒有察覺。小男孩跟平常一樣滔滔不絕，犀牛大部分時間聆聽，有時候回應。小男孩轉頭問豪豬是否同意他剛才說的話，那是一個非常重要的議題。這個渾身是刺的旅伴回答說，對，蚱蜢也會飛。

　　小男孩得意地回頭看向前方，隨即愣了一下，再重新轉過頭來，瞪大了眼睛。

　　「怎麼了？」豪豬問他。

　　「你收起了一、兩根鬃毛……也許是三根。」小男孩說得結結巴巴。那些美麗的鬃毛改變了角度後，看起來很像在風中搖曳的小草。

　　「我想讓它們休息一下。」豪豬低聲說道，隨後恢復不耐煩的語氣。「小事一件。」

　　小男孩露出了燦爛的笑容，大聲說道：「我好開心！」

「為什麼？」

「你做的事，勝過千言萬語。」

「行動才能改變世界，不是嗎？」豪豬回答道，彷彿那是稀鬆平常的事。他毫不猶豫從那兩個奇怪的朋友背後走到他們面前坐下，然後接著說：「有時候這麼做很值得。」

「那你現在要教我如何自我保護了嗎？」小男孩問牠。

「所以我才把鬃毛收起來，這樣你才能看懂。」

「看懂什麼？」

「看懂鬃毛是怎麼立起來的。」豪豬稍微側過身體。

沒錯，小男孩也能辦到。當他看見口袋裡有黃色光芒閃爍時，他將那顆發亮的小石頭拿出來。

「要有毅力。」

「我以為毅力是為了實現目標。」小男孩說。

「有時候也是為了不要放棄。」犀牛說。「你從未放棄，始

終相信自己辦得到,要做到這一點也需要毅力。」

而老先生一如既往,站在遠處旁觀。

Chapter 11
忘記自己是個大人

　　小男孩再次踏上一個人的旅途，他決定向另一座高山出發。他答應兩個朋友，等完成這項壯舉後，就跟牠們會合。

　　他踏著穩健的步伐，牢記之前學到的一切，直到成功征服那座山峰。當他爬到山頂，發現老先生正在那裡等著他。

　　「我走到終點了嗎？」

　　「終點？」老先生抽著菸斗，與小男孩比肩而坐。從山頂眺望，可以看到遼闊的草原開滿了鮮花、碧草如茵，景色美得令人屏息。

　　「嗯，旅行抵達終點，我可以說我長大了嗎？」

老先生笑而不語，之後他摸摸小男孩的頭。

「到目前為止，你覺得這趟旅程最棒的地方是什麼呢？」

小男孩想了想。這趟旅途中有許多美好的時刻，有的為他帶來快樂，有的令他感到驕傲，有的讓他覺得滿足；有些時刻則讓他感到害怕。他不知該如何選擇，於是脫口而出：「就是這趟旅途本身。」

老先生吸了一口菸斗之後說：「你年紀雖小，卻很有智慧。你本來可以從你的經歷過的任何一段冒險中做出選擇，但你選擇了一個始終存在的東西。人生道路將所有經歷串聯起來，否則那

些經歷就只是單一事件，雖然很精采，但會隨著時間消逝或只存在於特定時間。人生的旅途讓它們有了意義，將它們串在一起，永遠不會結束。」

小男孩看著導師，等他繼續說下去。小男孩急著想知道自己是否已經長大，但他了解導師的說話方式，從不隨便給答案，喜歡花時間慢慢解釋。

「你已經長大了。你早就長大了，只是你得認識你自己。」

「做自己……」小男孩說。

「沒錯。」老先生回應。

「你既然早就知道……為何還要我做這趟旅行？」

「即便是大人，也還有成長和學習的空間。這是一個勇敢的選擇，為了完成這趟旅程，必須忘記自己是大人，記得自己還是個小孩。」

「所以如果我想要的話，還可以繼續走下去。」小男孩漸漸懂了。「也就是說，我還能繼續成長！」他再次躍躍欲試。

他可以經歷更多冒險，找到犀牛和所有其他朋友，跟牠們一起再次出發旅行。如果他想要的話。

「我聽說在這座山的另一邊，除了站在山頂上可以看到我們眼前這片草原外，如果向右看，會看到一片無邊無際的水域，他們說那叫海洋。」老先生說。

「海洋。」小男孩跟著說了一遍。

「海洋。」老先生確認無誤。

他們一起出發，從山頂往下走。

致　謝

　　我要感謝恐懼，沒有它，我不會認識勇氣；我要感謝辛勞，沒有它，我不會認識決心；我要感謝我人生的路途，儘管充滿阻礙，但它們別具深意。

　　我要感謝那些曾經陪我走過一段路，和依然陪在我身邊的人；我要感謝那些與我同在的人，儘管相距遙遠，或時間短暫；我要感謝那些看過我流淚、抱怨、停滯不前，從不批評我，而是默默地伸出援手，或坐在我身旁的人；我要感謝理解我，或只是聽我說話的人。

　　我要感謝我的犀牛，每個人一生中，都應該要有這樣一位朋友。我要感謝我的導師，他的角色不只負責守護我。我要感謝我的森林，它教導我許多。還要感謝等待我去發掘的海洋。

　　祝福大家，旅途愉快！

作者／瓦倫蒂娜・羅迪尼（Valentina Rodini）

1995年生於克雷莫納。9歲時開始練習賽艇，14歲時進入國家隊。完成古典中學學業後，她取得了經濟學和傳播學的學位。在賽艇領域，她達成了多項重要成就，包括在2020年東京奧運會上獲得金牌、在2021年歐洲錦標賽中奪金、三次世界盃冠軍以及2018年地中海運動會金牌。《男孩與冒險家》是她的首部作品。

繪者／安傑羅・盧塔（Angelo Ruta）

1967年生於拉古薩，現居米蘭。他曾在布雷拉美術學院修讀場景設計課程，並參加了斯福爾扎城堡的高級插畫和漫畫課程，以及影視技術的專業訓練。他的作品已經與意大利和英國的主要出版社合作出版，並且參與過電影和劇場演出。盧塔定期在《科里埃雷・德拉・塞拉》的文化專欄《La Lettura》上發表文章。他兼任插畫家、編劇和導演，跨足多個藝術領域。

譯者／倪安宇

淡江大學大眾傳播系畢，威尼斯大學義大利文學研究所肄業。旅居義大利威尼斯近十年，曾任威尼斯大學中文系口筆譯組、輔仁大學義大利文系專任講師。現專職筆譯。

主要譯作有《馬可瓦多》、《巴黎隱士》、《在美洲虎太陽下》、《困難的愛》、《收藏沙子的人》、《如果在冬夜，一個旅人》（卡爾維諾）；《植物的記憶與藏書樂》、《玫瑰的名字》、《傅科擺》、《試刊號》（安伯托・艾可）等。

與徐明松合著《靜默的光，低吟的風：王大閎先生》，獲第三十七屆金鼎獎最佳非文學圖書獎。

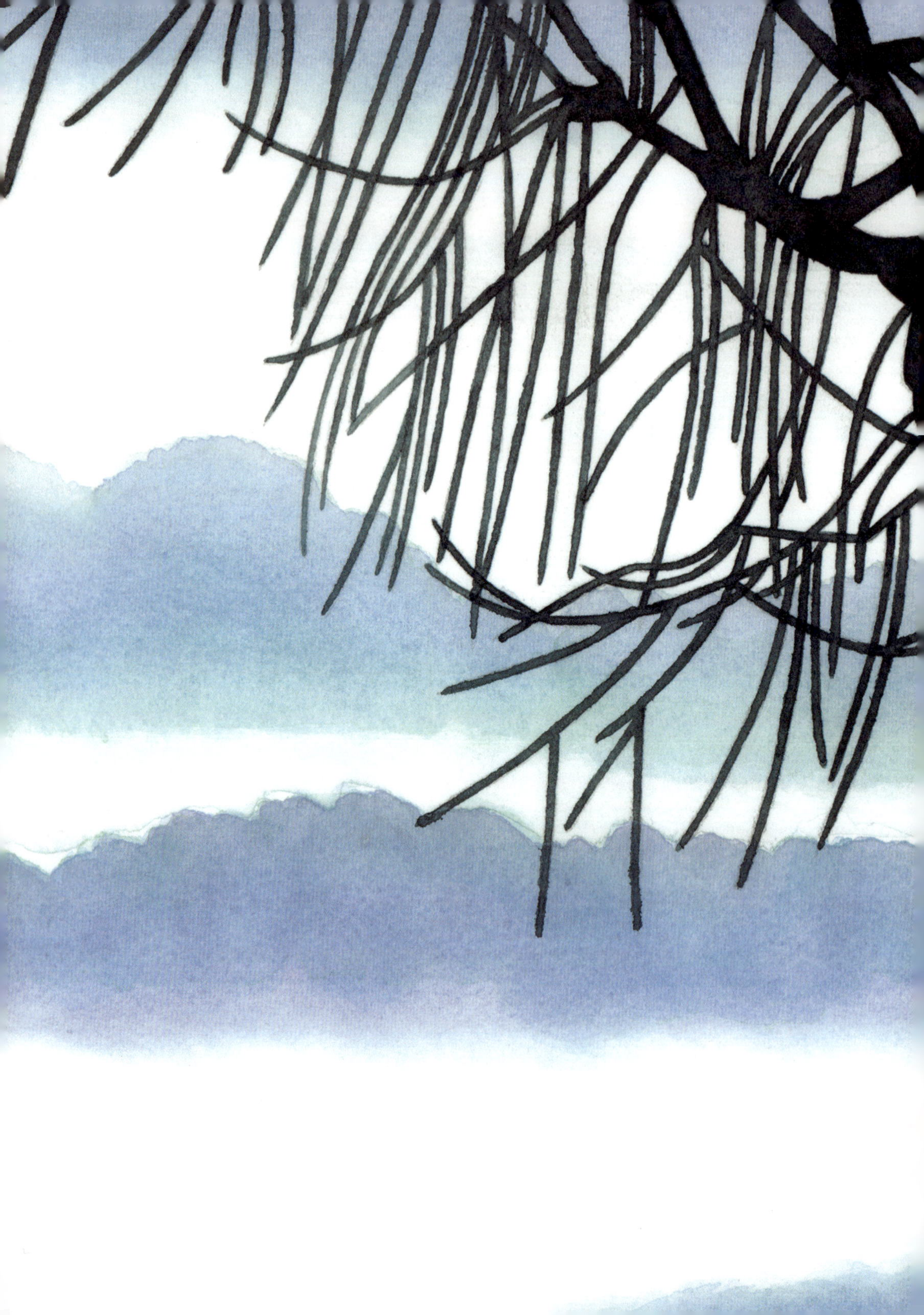